メディアワークス文庫

薬師と魔王（下）

永遠《とわ》の眷恋《けんれん》に咲く

優月アカネ

目　次

プロローグ

ピッ……ピッ……ピッ……


……規則的な電子音が聞こえる。

身体《からだ》が、心臓が、鉛のように重い。地面と身体がひとつになっているみたいだ。

ここはどこだろう？

私は確かフィラメンタスに感染して……研究所で薬を飲んで、それから……あれ？

どうしたんだっけ……？

眼球に張り付いている瞼《まぶた》を懸命に持ち上げると、暗闇の隙間にぼんやりと白い光を感じた。視界のピントは合わず、明暗しか感じることができない。

霧がかかった視界の右からぬっと黒いものが現れる。人間のようなシルエットのそれは私を覗《のぞ》き込んでいるようだ。

少しずつ焦点が整ってくる。濃淡の輪郭はだんだんと明瞭になり、やがて人物の顔を浮かび上がらせた。

（お姉ちゃん……？）

声を出したいのに口が動かない。チューブを噛《か》まされており、酸素マスクらしきものをしていることに気が付く。

私と目が合ったお姉ちゃんはひどく驚いた顔をしていた。その表情は泣き笑うように崩れていき、彼女はバタバタと足音を立ててその場から去って行った。

残された私はぼうっと天井の蛍光灯を見つめる。

――ああ、私は助かったのね。

どこか他人事《ひとごと》のように回想する。

研究対象だったスタフィロコッカス　フィラメンタスに感染し、自ら開発した新薬を服用した。そのあとの記憶がないことから、誰かが倒れている私を発見して搬送してくれた、そんなところだろうか……。

終始全身が重く、起き上がることができない。ここはＩＣＵなのかしら？　かなり病状は悪いのかもしれない。

ふと、手のひらに違和感を覚える。紙のようなものを握り込んでいた。

残念なことに腕も上がらない。ただそれは大切なもののような気がして、あとで確認するためにマットレスとシーツの隙間に差し込んでおく。

その僅かな動作だけでも全力疾走したような疲労を覚え、腕がだらりと脱力する。

ああ、眠い…………。

気怠《けだる》さに押し流されるように目を閉じた。


意識を取り戻してから数日。状況が掴《つか》めてきた。

どうやら月曜の昼過ぎになっても出勤しない私を心配した上司が、緊急連絡先である実家に電話を入れたらしい。比較的近所に住んでいるお姉ちゃんが様子を見に来たところ、倒れている私を発見。救急搬送となったそうだ。

この数日で手足は動き、身体を起こすこともできるようになった。相変わらず色んな管に繋《つな》がれているけれど、ひとつの山は越えたとお医者さんから説明があった。

驚いたことが2つある。

1つ目。私が意識を取り戻したのは救急搬送からおよそ2週間後だったということだ。スマホでネットニュースを見て、自分が浦島太郎状態になっていることに驚いた。毎朝出勤前に見ていた朝ドラの主役が結婚していたり、人気アイドルグループが電撃解散していたり、パンダが赤ちゃんを産んでいたり。半月のうちに世の中はこんなにも変わるのかと妙に感心してしまった。

意識のない間は生死をさ迷っている状態だったらしい。細菌感染から多臓器不全を起こし、肝臓と腎臓の機能がかなり落ちてしまっている。

2つ目は、マットレスに挟んだ紙に書かれていた内容だ。

お姉ちゃんいわく、発見時に私はかなり強く拳を握っていたそうだ。看護師さんが懸命に指を開こうとしたものの、筋が硬直していて無理だったらしい。

私の筆跡で私宛てに書かれた手紙。その内容は実に不可解だった。

『星奈《せいな》へ。死ぬときは以下のものを棺桶《かんおけ》に入れてもらってください。

XXX―969、切れ味のいいメス、ピペットマン、酸化剤と還元剤、有機化学専門書、実験機器図鑑、人体解剖図鑑、培地成分各種
色々疑問に思うだろうけど、細かく説明しても信じられないだろうから書きません。

とにかくお願いね！　星奈より』

何回眺めてみても確かに自分の字なんだけれど、いつ書いたのか全く心当たりがない。

また、紙の質も奇妙だった。いわゆるコピー用紙の質感ではなく、ざらざらとしていて紙と布の間のような粗い感触。外国の古書にありそうなもので、現代日本では通常見かけない種類の紙だった。

百歩譲ってXXX―969は私の秘蔵《ひぞこ》っ子だから天国に持っていきたい気持ちはわかる。だけど、他のものは一体どうしてだろう？　まるであの世でも研究をしようという意気込みを感じる内容だ。説明しても信じられないだろうから、という文言にも謎が残

る。

「全くもって意味不明だわ……」

紙を太陽の光に透かしてみたり、ドライヤーで熱風を当ててみたりと、私のことだからなにか仕掛けがあるのではないかと疑ってみたけれど、なんにも起こらない。――熱に浮かされて訳もわからず書いたというのが落としどころだろうか。

自分が仕掛けたお遊びに付き合うのも一興かしら。そのうち私はある種の期待感を抱くようになっていた。なぜなら一命はとりとめたものの後遺症がひどく、長く生きられないことが明白だったから。

私は薬剤師なので検査の結果は詳しく見せてもらっている。数値はかなり悪い。腎臓なんて両方ほとんど機能していなくて、人工透析は一生続くだろう。以前のように研究に全てを捧《ささ》げる生活は難しい。

発症したときはまだ死にたくないと思ったけれど、今は不思議と受け入れている自分がいた。研究対象の菌で死ぬってかなり間抜けだし、想定よりは短い寿命になりそうだけど後悔はない。こういう運命だったんだろう、そんな気持ちだった。

ある日お見舞いにきてくれたお姉ちゃんにお願いした。私が死んだらもろもろ棺桶に入れて一緒に焼いてほしいと。縁起でもないことを言うなと怒られたのち、お姉ちゃんはふと顔を曇らせてぽつりと呟《つぶや》いた。

「ねえ星奈。………ごめんなさい」

「えっ。急になんの話？」

「……お母さんが病気になってから、あなたにばかり辛《つら》い思いをさせた」

「…………」

思ってもみない言葉にぽかんとする。お姉ちゃんは床に目を落とし、自嘲するように
やや口角を上げた。

「わたしは逃げたの。お母さんが死ぬんじゃないかと思って、すごく怖かった。もし死んじゃったら、わたしひとりで星奈を守っていけるわけがない。……そう怖気《おじけ》づいてしまって、現実から目を背けていたの」

「なんだ、そのことね」

お母さんが病気になってからお姉ちゃんは家に帰らなくなった。友達の家を泊まり歩き、遊び回るようになった。そのときのことを謝っているのだ。随分昔のことなのに急に改まってどうしたんだろう。変なお姉ちゃんねと可笑《おか》しくなってくる。

「私は平気だよ。お姉ちゃんも大事な家族だもん。お姉ちゃんまで大変な思いをしなくてよかったと思ってるよ」

「星奈……」

お姉ちゃんは私の手を取りぎゅっと握りしめた。黄色くかさかさになった私の皮膚と

違って、白くすべすべした綺麗《きれい》な肌だ。

「……ずっと申し訳ないと思っていたの。他のことをしていても、星奈に掛けた苦労が頭をちらついて後ろめたかった。だから、あなたが倒れているのを見つけたときは息が止まるかと思った」

「もう、ほんとうにいいってば。こうして今はお姉ちゃんに迷惑掛けちゃってるし。私こそごめんだよ」

お母さんも月に1度飛行機に乗って面会に来てくれるけれど、お姉ちゃんは毎日仕事帰りに寄ってくれている。着替えの用意やお菓子の買い出しなど、ものすごくお世話になっている。

……私が死んだら結局家族が1人欠けてしまうことになる。お姉ちゃんは大丈夫なのかしら。

そう心配していると、お姉ちゃんは私の考えていることがわかったようで苦笑した。

「わたしもようやく大人になったから。もう逃げないわ。星奈がよくなって退院するまでは、嫌だと言われても毎日来るわよ」

「ふふっ。ありがとう、お姉ちゃん」

色々なことがあった人生だった。苦労もしたし、ひどく辛い時期もあった。一方で、この世界に溢《あふ》れるたくさんの物事を知り、新しいものを生み出す研究をして、多くの人を救うであろう薬を遺《のこ》すことができた。

幸せな人生だったな。

心からそう思えた。

◇

享年30歳。――妹がわたしより先に死ぬなんて考えてもみなかった。

妹が創った薬はたくさんの命を救うのに、生みの親の命は救えないのか。それがとても腹立たしかった。わたしにとっては世界中の見知らぬ人々よりも目の前のたった1人の妹の命のほうが重いのに。どの口が言うんだと心の中で自分を蔑みながらも、やっぱり星奈はわたしの大事な唯一の妹なのだ。

「もう意識が戻ることはないでしょう。ご家族は覚悟をしておいてください」

無機質な機械の音が鳴り響く病院の廊下。そう医師から告げられて、わたしと母は声も出ないほど打ちのめされた。

――そして、その日はついに来てしまった。

赤蜻蛉《あかとんぼ》がどこかへ姿を消すころ。妹が一番好きだった秋の終わり、冬の始まりの季節。

あたたかな小春日和の日に、星奈は永久の眠りについた。

「星奈のバカ。いくらなんでも早すぎるわよ」

葬儀を済ませたあと墓前に戻って独りごちる。ウールのコートを羽織っているものの、喪服のワンピースの足元からは冷気が鋭く流れ込む。

実家の庭から切ってきた椿《つばき》をたむける。仏前用の菊花だけではどうにも味気がない。

墓石は黒く重く鎮座していて、妹の死を否応《いやおう》にも実感させた。再び目に滲《にじ》み始めた涙を拭いて語りかける。

「あの世でも星奈は変なことをしてるのかな？　天国は地球とは違って知らないものばかりだろうから……ふふっ、もうわたしたちのことは忘れて研究にのめり込んでるかもね。だとしたらお姉ちゃんは安心なんだけど」

家族思いで、自分に厳しく人に優しかった星奈。変わったところもあったけど、愛《あい》嬌《きょう》たっぷりで芯の強い子だった。

ここでの人生は、あまりにも他人のために生きすぎたと思う。だからあの世では、自分の幸せを第一にして過ごしてほしい。

――ふと空を見上げる。

雲ひとつない冬晴れにも関わらず、不思議なことに大きな虹がかかっていた。

第七章　再会

1

（……うん…………ん……）

　唐突に意識を取り戻す。

　視界いっぱいに暗澹《あんたん》たるものが広がっていた。

「ここは……？」

　ひどく長い間眠っていたような感覚。全身が重く、頭も靄《もや》がかかったようにぼんやりする。身を起こすと立《た》ち眩《くら》みのように視界が白くちらついたけれど、すぐ元に戻った。身体が固まっていただけのようで、体調そのものに問題は感じられない。

　私は白い浴衣を身に着けていて、周囲を俯瞰《ふかん》できる小高い岩場にいた。空は黒とグレーのまだら模様で星や月などは見えない。地上も薄暗く、岩場や砂丘が延々と続く単調な風景だ。――私は広大な砂漠の中にいた。

「どうして砂漠……？　あれはなにかしら」

　呆然《ぼうぜん》としてあたりを見回していると、果てのない砂漠の中に大きな扉が点在していることに気が付いた。

　扉といっても建物の入り口ではない。オブジェのように鎮座する巨大な扉そのものだ。

そして各扉の向こう側には、小さな街が蜃気楼《しんきろう》のようにぼんやりと見える。扉は私がいる岩場を囲むようにして東西南北に1つずつ。それぞれ色や形状は異なるけれど、計4つ確認できる。この扉以外に建造物は見当たらない。

一体ここはどこなんだろう？　そして私はなぜここにいるのだっけ……？

頭の回転が著しく低下している。座り込んで動けずにいると、次第にこれまでの記憶が思い出されてきた。

北海道に生まれ、薬剤師になり、新薬を開発し、死にかけてトロピカリの森へ——……。

そこまで思い出したところで勢いよく全てが繋がる。記憶の波が脳に押し寄せて、あらゆる感情が私の中に蘇《よみがえ》った。自分自身がどんどん再構築されてゆく。

「……私、死んだんだ！　思い出せるわ、すべて！」

歓喜が全身を駆け巡る。はやる気持ちを抑えながら、流れ込んだ記憶のページを丁寧にめくっていく。

ブラストマイセスで流行した疫病の原因はスタフィロコッカス　フィラメンタスという細菌だということが判明したものの、根本的な治療法がなかった。魔族は細菌に対して耐性を持つ一方で人間の致死率は5割にのぼり、このままでは国として甚大な被害が予想されていた。

魔王デル様は、フィラメンタスへの特効薬XXX—969の実物があれば魔法で作り出すことができると明言した。ならば元の世界に戻って持ってくるのが根本的な解決策だと私は考えた。デル様に言ったら必ず止められるので、秘密裏に決行することにして。門の通過の代償として記憶が消されることを知った私は、必要最低限の内容を書き記した紙を握り込んで日本に帰った。日本でXXX—969を持って死に、再びブラストマイセスに戻ろうと考えた。

多分に推測を含むけれど、私が考えた計画の全貌はこうだ。

魔王であるデル様は空気中の元素に干渉して風や虹を出すことができる。これを真面目に考察すると、物理学的に世界——ひいては宇宙に干渉ができるということだ。恐らくその極みが『門』の魔術。ブラストマイセスと地球を結び、生命体を移動させるにはどう考えても物理学的要素が絡んでいるはずだから。

——つまりだ。デル様のいる世界と地球は何らかのアクセスがあると私は考えた。デル様が初めて門のことを教えてくれたとき、〝門とはこの世界と並行する異界を繋ぐもの〟という表現をしていたことから、そしてこの世界は地球とかなり似ている部分があることからも、パラレルワールドのような関係性なのではないかと。かつて生死をさ迷った私がトロピカリに行きついたように、質量のない魂だけになったなら、辿《たど》り着けるのではないかと思ったのだ。

そして、もうひとつの重要なポイントが記憶だ。ブラストマイセスでの記憶が戻らないと計画は達成できないのだけれど、この点については分があると思っていた。

ブラストマイセスでの最後の夜、記憶を失うことについてデル様はこう言っていた。「この世界の機密事項を持ち出されないように門の創造主が取り決めた」と。私は疑問を持った。もしその人が死んでしまったなら、情報の流出は問題にならないのではないかと。そしてそれは続く彼の「生きている間は、記憶は戻らない」というどこか含みを感じさせる言葉で確信に変わった。死んだあとは記憶が蘇るに違いないと。

「……我ながら貧弱な計画だと言わざるを得ないけれどね」

しかし、誰かにあれこれ尋ねて計画がデル様に知れたなら全力で止められただろう。だからこれが私の精一杯だった。仮定に理論を重ねて導き出した唯一の選択肢。ブラストマイセスに残っていてもできることはなかったので、悩む余地はなかった。

山盛りの研究道具と懐に入っていたXXX―969――もうセナマイシンという名になっているけど――を見るところ、メモに記した物品は揃《そろ》っている。今のところ事は予定通りに進んでいるようだ。

「運はこちらにあるようね！」

無事に記憶を取り戻し、手元にはセナマイシンがある。次のミッションはデル様を探すことだ。

まずは情報を入手したい。なにもない岩場にいても仕方がないので、向こうに見える巨大な扉に向かうことにする。その先の街に入れば誰かがいるに違いない。

周囲に散らばる研究道具を拾い集める。

……デル様に再会できたら、あのとき言えなかった想《おも》いを伝えたい。

彼は私のことを好きだと言ってくれたのに、私はうやむやにしたまま地球へ戻ってしまった。事情があったとはいえ不誠実なことをしてしまったと悔いている。

門での別れからどのくらいの月日が経《た》っているのだろう？　日本に戻ってから病死するまで約2年だったけれど、時間の速さが同じとは限らない。当然もう私のことを好いてはいないだろうし、忘れている可能性すらある。なにせデル様は強くて聡明《そうめい》なうえ、とんでもない美丈夫だ。ご令嬢たちが放っておくわけがないのだから。

今更なんだと言われるかもしれないけど、まずはきちんと説明して謝罪したい。そしてできることならほんとうの気持ちを伝えたい。デル様に対しても自分に対してもけじめをつけたかった。

「とりあえず、扉に急ぎましょう」

私は最も近くにある灰色の扉を一瞥《いちべつ》し、足に力を込めた。

2

研究道具を入れた袋をよっこらしょと背負う。白い浴衣、もとい死装束は大荷物を持っていると歩きづらく、あれこれ冥土の土産を欲張った自分が少しだけ恨めしい。地面はじゃりっとした黄色い砂で、踏みしめると足が少し沈んだ。

見える範囲に扉は4つ。それぞれ灰、黒、黄緑、赤色をしており、各々独特のデザインをしている。

扉によって違いはあるのかしら？　ひとつは天国で、どれかは地獄とか？　むくむくと好奇心と妄想が膨らむけれど、残念ながら全てを回って見学している暇はない。ひとまず手近な灰色の扉を目指して歩いていると、唐突に服を引っ張られた。

「な、なに？」

振り返ると黒い犬が装束の裾を咥《くわ》えていた。毛艶のいい賢そうな犬だけれど、明らかに普通の犬ではなかった。

「わっ、頭が3つあるわ！　どういう仕組みなのかしら？　解剖したら可哀想《かわいそう》だけど……気になる……！」

わくわくしながら犬を見つめると、3つの顔が一斉にため息をついた。半目になり呆《あき》れるような表情はまるで人間みたいだ。初対面の犬なのに不思議と懐かしさを感じた。

犬は私の死装束を左へぐいと引っ張る。こっちに来いとでも言っているかのような動きだ。

「んっ？　こっちじゃないの？　あちらの黒い扉に行くってこと？」

されるがままに方向を転換する。右の顔が「フガッ」と満足そうに鼻を鳴らし、真ん中の顔は機嫌よくペロペロと私の脛《すね》を舐《な》め、左の顔は死装束を引く。と、口を離して踵《きびす》を返《かえ》し、とっとこ先導を始めた。

「ね、あなたは魔物なの？」

歩きながら犬に声を掛けるも、左の顔がチラッと振り向いただけだった。

ブラストマイセスの魔物は人間に化けて普通に会話していたけれど、ここの生き物はまた違うのかしら。

「あの、その頭はどうなっているのかな？　3匹で喧嘩《けんか》したりはしないの？」

好奇心のままに話しかけ続けたけれど、やはり言葉は返ってこなかった。けれども尻尾はちぎれんばかりに左右に振れていたので、嫌がられてはいなかったのだと思う。

30分ほど歩いたところで黒い扉の正面に到着した。

足場が悪いと疲れる。大荷物を抱えての移動はずっと入院していた肉体には堪《こた》えた。

ちなみに扉の手前、もう迷わないだろうというところで3つ頭の犬はどこかへ走り去ってしまった。

「ふわ〜、スカイツリーぐらいあるかしら？　見れば見るほど立派な扉だわ……！」

目の前にするといよいよ迫力があった。黒曜石のような素材で造られていて、2本の太い柱の間にある扉には私より数倍大きな蝶《ちょう》の像が錠前を守るように鎮座している。上部はアーチ状に曲線を描き、緻密な模様や文字がびっしりと刻まれていた。

見惚《みほ》れるほどに美しい扉。吸い寄せられるように手を置いてみると、石のひんやりとした冷たさが伝わってきた。

「こら君、勝手に触ってはいけない」

「あっ、すみません！」

声に振り返ると、紺色の制服と制帽を着用した大きなトカゲである。2足歩行ですらすらと言葉を話し、緑色の鱗《うろこ》にきょろりとした黒い瞳が可愛《かわい》らしい。……彼も魔物なのだろうか。

「あなたはここで働いている方ですか？　ここはどこでしょうか？」

尋ねるとトカゲさんは胸を張った。

「我はグラブラータ。いかにも門番の命を賜りし者だ。そしてここは冥界。全ての死せる者が集う場所だ」

「冥界……。死者の世界、ですか。この扉の向こう側に見えるものがそうですか？」

蜃気楼のようにぼんやりと浮かび上がる街に視線を移す。

「左様。君は見たところ人間のようだな。人間は死んだあと天国や地獄といった場所に行くと信じている者が多いが、それは間違いだ。死後にあるのは冥界のみ。全ての並行世界はただ1つの冥界に収束し、任意の世界へ再分配されるのであーる！」

高らかに宣言するグラブラータさん。門番の仕事に誇りを持っている様子が伝わってきて、チャーミングさに自然と口元が綻ぶ。

「さあ、あちらが受付だ。簡単な手続きをすれば君も街に入ることができるが、扉をくぐるともう戻れない。どの扉を選ぶかはよく考えるといい」

彼は扉の脇にあるちんまりとした詰所を指差した。そして仕事に戻ろうと回れ右をしたので慌てて引き留める。

「あ、あのっ。親切なグラブラータさん。もう1つだけ教えてくださいませんか？　私、ひとを探しておりまして。魔王陛下――ブラストマイセス王国のデルマティティディス陛下についてなにかご存じではないでしょうか？」

言うなりグラブラータさんはぎくりと身をこわばらせた。ギギギ……と油の切れた機械のような音を立てながら振り返る。驚愕《きょうがく》した表情だった。

「なぜ陛下のお名前を……!?」

「じ、実は生前……という表現でいいのかわかりませんが。陛下の専属薬師《やくし》をしていたことがありまして」

「……名前は？」

「私ですか？ 佐藤《さとう》星奈です。……あ～、えーと、当時はセーナと名乗っていました」

「!!」

泡を食った表情になったかと思いきや、みるみるうちに血の気が引いて青白い顔になるグラブラータさん。震える手で制服のポケットから四角いものを取り出し口元に当てる。

「アーアー。応答せよ、応答せよ。こ、こちら守衛のグラブラータ。セーナ殿が参りました。繰り返す、セーナ殿が参りました。至急陛下にご連絡を！」

言い終わるなり彼は地面に五体投地した。

「ご無礼をお許しください！ 好きなだけ扉をお触りになってくださいませえっ！」

「た、立ってください、グラブラータさん。突然どうしてしまったんですか」

慌てて彼を立ち上がらせ、制服に付いた砂を払う。

「えっと、デルマティティディス様にお会いできるんでしょうか？」

「おっしゃる通りにございます！ こちらの扉はデルマティティディス・レイ・ブラストマイセス陛下の扉にございます！ 今、陛下にご連絡を差し上げておりますので、少々お待ちくださいませぇぇぇ！」

グラブラータさんは先ほどまでの自信に満ち溢れた様子から一転して、ぶるぶると震えて恐縮しきりになってしまった。

彼の口ぶりから察するに、どうやら東西南北４つある扉ごとに担当者が違うようだ。そしてこの黒い扉はデル様のものということらしい。

一番近くに見えた灰色に行かなくてよかった。導いてくれた３つ頭の犬に心の中で感謝する。

「お会いできるのね。よかった……」

胸に手を当ててほっと息をつく。これで私の長い長い計画も上手《うま》くいく。ブラストマイセスの疫病も解決だ。

デル様はお元気にしているかしら。どんな生活をされているのかしら。さまざまな感情が渦巻き、嬉《うれ》しいような悲しいような、形容しがたい気持ちになってくる。

――緊張しながら待っていると、ひどく懐かしい音が鼓膜を揺らした。

パチン！

黄砂を巻き上げどこからともなく荒々しい竜巻が姿を現す。グラブラータさんが蒼白《そうはく》な顔で膝をつき頭を垂れる。

砂嵐の中に浮かび出る黒い影。ぼやけていたそれは次第にすらりとした長い脚、頼もしく引き締まった上半身、しなやかに伸びる角、さらりと靡《なび》く長髪のシルエットへと変わっていく。

「……デル様」

時が経ってもその美貌は全く衰えていなかった。誰もが見惚れる彫刻のように端麗な顔《かんばせ》。佇《たたず》まいには精悍《せいかん》さと艶《あで》やかな色香が増していて、思わず足がすくむような圧倒的気迫に溢れている。けれど、すぐさま私を認めた青く優しい眼差《まなざ》しは、かつてのそれとなにひとつ変わってはいなかった。

ああ、会いたかった――――。

じわじわと熱いもので視界が歪《ゆが》み、ひとつ瞬きをするとそれは呆気《あっけ》なく溢れて頬を伝う。

デル様が目を細めて相好を崩す。懐かしい笑顔に、自分の中のなにかがプツリと音を立てて切れた。

もうなにも我慢したくない。あとで怒られたっていい。

私は無意識のうちに走り出していて、勢いよくデル様の腕の中に飛び込んだ。

3

デル様の匂いだわ……。

抱きついた身体は大きくて温かい。優しく、そして丁寧に包み込まれれば、どうしようもなく感情が溢れてくる。

「デルマティティディス様……お会いしたかったです……っ」

「……わたしもだ。そなたがいない月日は何ひとつ色を感じなかった」

ぞくりとするような低い声。僅かに震えているように聞こえるのは気のせいだろうか。

大きな手のひらが、壊れ物を扱うかのように何度も頭を往復する。

「セーナ。わたしはもう我慢しないと決めた。手放したものの大きさにこの10年間押し潰されそうだった。思い出だけで生きていくなどできなかった。……そなたがわたしを呼んだのだから、もう何と言おうと離しはしない。よいな？」

どこか急《せ》いた様子で尋ねるデル様。

我慢……？　離しはしない……？　甘い響きに一瞬気を取られたけれど、そんなわけはないと気を引き締める。

勘違いをしてはだめ。きっと専属薬師がいなくて体調に不具合があったに違いないわ。

今、デル様はあれから10年が経ったと言ったもの。事情や体質が変わっていてもおかしくないわ。

「私は人生を終えてここにやってきました。もうなにもしがらみはありませんので、必要でしたらお役に立たせてください。でも、その前にこれまでの経緯をご説明し謝罪する機会を頂戴できませんか？　こ、個人的にお伝えしたいこともあるので……」

私の返事を聞くなりデル様は抱きしめる腕に力を込めた。

「話とは良《よ》い話か？　悪い話なら聞きたくない」

子供のようなことを言うデル様。珍しい姿だ。

「ど、どうでしょう……。まあ、普通だと思います」

「ふぅん？」

まるで信じていない声。更にぎゅうぎゅうと抱きしめるものだから、苦しいくらいになってきた。酸素を求めて身じろぎすると、デル様の身体越しに目を丸くするグラブラータさんの顔が目に入った。

そ、そりゃあそうよね。突然天下の魔王様が現れて小娘とハグをしてるんだもの。

なんて変に冷静に考えていると、私の気が逸《そ》れたことを察知したデル様が不機嫌な声を出す。

「セーナ。久しぶりの再会だというのに、わたし以外の者のことを考えないでほしい。

場所を移動するぞ」

「はっ、はい。……ああでも奥様は大丈夫でしょうか？　状況によってはお気を悪くされるでしょう。そういう意味ではこのハグもまずいですね。すみません、思わず飛びついてしまいました。では、どこか公共の場所へ――」

「妻などいない！」

即答だった。眉を吊《つ》り上《あ》げ、見たこともないようなしかめっ面をするデル様。迫力のあるお顔にひゅっと息を呑《の》みながらも、私は彼の答えに図らずも嬉しさを感じてしまっていた。これで自分の気持ちを伝えることができると。

改めてデル様のお顔をまじまじと見る。こんなに近くで見ても相変わらず恐ろしく整っている。完璧な配置の鼻と眉、長い睫毛《まつげ》に縁どられた切れ長の瞳、天鵞絨《ビロード》のような艶を持つ美しい髪。

けれども昔に比べると痩せただろうか。もともと小顔ではあるけれど、更に一回り小さくなり、頬も薄くなったように見える。それは年月の経過では説明できないもののように感じた。

「デルマティティディス様、お痩せになったんじゃありませんか」

「……………少しな。でも大丈夫だ」

ほんとうに？　心配になって引き続き観察していると、彼のむっとした表情がみるみるうちになにかを我慢する表情に変化していく。

……あれっ。角が赤くなっているわ！

彼の角が赤くなる現象は以前にも見たことがあった。思い出して懐かしくなる。

「っ、セーナは確信犯なのか？　何も考えずにやっているのなら手に負えないぞ。本当に、もうどこにも行かせたくない」

彼はしばらく口元に手を当てて上を向いていたけれど、疲れたような表情で私に向き直る。そういう表情の変化ひとつひとつが愛《いと》おしく感じられて、私はやっぱりデル様のことが好きなのだわと実感が湧いてくる。

美麗すぎるお顔はかつて直視をためらうほどだったけれど、今やずっと眺めて目に焼き付けておきたいと思ってしまうのだから、恋とは不思議なものだ。

「では行くぞ」

言いながらデル様はこちらに顔を傾ける。おやっと思った瞬間、唇に湿った温かいものが触れた。

「…………？！！」

事態が飲み込めたときにはもう彼は離れていて、幸せをかき集めた大輪の花のような笑顔を咲かせていた。

きっ、キスしたよね、いま⁉　全身の血液が顔に集中していくのを感じる。

ひどく決まりが悪くなってしまい、上手く言葉が出てこない。

「あ、あの、でるさま……っ」

デル様は混乱する私を面白そうに眺めるばかり。そして軽快に指を弾《はじ》いた。

パチン！

竜巻が私たちを翻弄してどこかへ連れていく。

風がおさまり瞼を開けると、目に映ったのはとても懐かしい場所だった。

「……ここは、王城のデルマティティディス様のお部屋ですね？」

黒やブラウン系で整えられた重厚な雰囲気の部屋。討伐騒ぎで王都へ旅してきたときに1度入れてもらったので覚えがあった。……と思ったけど、なんだか新しい？　レイアウトや家具は全く同じだけど、古い感じがなくなっている。リフォームでもしたのかしら。

暖炉には火が入れられ、とろとろと朱色の炎が揺れている。

冥界から転移してきた私たち。現代から持ち込んだ研究道具たちも一緒に移動していた。そして腰にはなぜかデル様の腕がしっかりと回されている。

「そうだ。セーナ、とりあえず湯あみをしてきたらどうだ？　色々と疲れているだろうから。話とやらはそれからでも遅くない」

言いながらデル様は私のおでこやら耳やらに唇を落としていく。やたらと雰囲気が甘いのでそわそわする。彼の言う通り、ひと風呂浴びて1回心を落ち着かせたいと思った。

「は、はい。お気遣いありがとうございます」

「本当は湯あみなどせず、ずっと隣にいてほしいが」

砂糖菓子のような台詞《せりふ》に蕩《とろ》けるような笑み。月の光のように輝く彼の顔を直視することができず、赤くなった顔を背ける。

経験値の低い私は思わず誤解しそうになってしまう。――つまり、デル様はまだ私を好きでいてくれているのではないかと。

しかしそれはあり得ないことだ。私は彼を傷つけたのだから。

ブラストマイセスのためとはいえ、彼個人の気持ちをないがしろにして日本へ戻った。期待してはいけない。セナマイシンを渡したら私はもうお役御免なのだから……。

何度も言い聞かせて肩を落とす。侍女さんの促しに従って浴室へ向かった。


汗をかいていたので身も心もさっぱりさせてもらえるのはありがたい。案内された浴室はとても広く、湯船には蒸気をあげる湯がたっぷりと張られていた。

鏡の前に座りごしごしと洗っていく。長い闘病生活でかなり痩せてしまったけれど、死んでリセットされたのか顔色や肌つやは良好だ。もともと丸顔だったから少しシャープになった今くらいがちょうどいい。髪は相変わらずもっさりしていて垢抜《あかぬ》けない雰囲気は健在だ。

全身をくまなく洗い終えて湯船に浸《つ》かる。お湯の温かさが五臓六腑《ごぞうろっぷ》に染みわたった。

「はぁ～、極楽極楽。……あれっ、極楽って天国のことだっけ？　私は死んだから、やっぱりここは天国なのかしら……？」

思考が疲れと共に湯に流れ出ているよう。よくわからないことを考え出してしまう。なにしろ今日は一日で色んなことがありすぎた。

そのうち薬湯の調合について考えは巡り、ふと気が付いたら湯船で寝そうになっていた。半分のぼせ上がっていた私は急いで湯から出る。

脱衣所に戻ると、いい匂いがするクリームやふかふかのタオルが用意されていた。生前こういう品物には縁がなかったけれど、用意してもらえるならつい手が伸びてしまう。

「あ、着替えまで置いてくれてる。助かります」

丁寧に畳まれた真新しい衣服を手に取る。……はらりと広げて仰天した。

「なっ、なによこれ!?」

それはやたらと露出が多く丈の短いワンピースだった。

つるつるとした白く高級そうな生地。胸元と裾にはフリルやレースがふんだんにあしらわれ、セクシーさと可愛らしさを兼ね備えた逸品に見える。

これは意識の高い女性が部屋着に使うようなもの、あるいは勝負の晩に使うようなものだ。私のような地味アラサーが身に着けてよいものではない。

「なにかの間違いだわ。絶対に！」

脱衣所の出入り口を少し開けて、すぐそこに控える侍女さんに声を掛ける。

破廉恥なワンピースを見せながら、これは着られない、なんでもいいから別の服が欲しいと訴えるも、なぜか笑顔で拒否されてしまった。

「それしか用意がございませんので」

その一点張りだった。

更に悪いことに、私がもともと着ていた死装束は洗濯に回してしまったという。死装束を再び着るのは気が進まないけれど、このワンピースを着た珍奇な姿よりはましだと思った。でも、それすらもうない。

つまりこれを着るか、あるいは全裸か。その2択しか目の前には残されていなかった。

「ああもう……着るしかないじゃないっ……！」

いくらなんでも全裸は論外だ。頼りない布面積に戸惑いながらも着用し、のろのろと脱衣所を後にした。

4

すまし顔の侍女さんに連れられてデル様の部屋に戻る。

「ああ、セーナ。さっぱりでき――」

デル様は机で書き物をしていたけれど、入室してきた私たちに気が付いて顔を上げる。私と目が合った瞬間、デル様はぴたりと動きを止めて絶句した。右手からペンがポロリと落ちる。そのままの姿勢で固まってしまい、思考停止している様子だ。

……そりゃあそうでしょうね。こんな格好見苦しいわ。

美女でもなければスタイルもよくない。私も掛ける言葉がないので赤面しながら短いワンピースの裾を必死に伸ばしていた。

沈黙が部屋を支配する。地獄の状況で最初に口を開いたのは侍女さんだった。

「手違いで女性用の夜着がこちらしかございませんでした。大変申し訳ございません。すぐに発注をかけてまいります」

棒読みでそう言った彼女は一礼し、そそくさと退室した。

「…………」

取り残されてしまった。ああっ、恥ずかしい。

居たたまれない気持ちでいると、我に返ったデル様がふうと小さくため息をついた。

「……なるほど。ないなら仕方がないな。セーナ、暖炉のそばに。万が一にも風邪を引いたらいけない」

「あっ、はい。ありがとうございます……」

防寒機能なんて一切無視したこの服だ。お言葉に甘えて暖炉の前にあるソファに腰かける。書き物をやめたデル様も立ち上がって私の隣に座った。

……大きなソファなんだから、もっと広々と座ればいいのに。

デル様は私の横にぴったりとくっついていた。どことなく既視感を覚える光景だ。

彼は大きな手のひらを私の手に重ねた。反射的にびくりと身体が揺れる。

「セーナ。またそなたに触れることができて嬉しい。この10年は退屈で、とても長く感じた」

甘えるような声に頭がくらくらした。

真っ赤な顔になっている自覚はある。おそるおそるデル様の顔を見上げると、彼は胸が詰まったような苦しげな表情をしていた。

ああ、同じだ。そう思った。会えなくて、切なくて、苦しくて。全てを思い出した今、ひどく重たい鎖が私たちの心を雁字《がんじ》搦《がら》めにしていた。

この鎖を打ち破らなければならない。堅固な決意をもって言葉を紡ぐ。

「あ、あのっ。デルマティティディス様にお伝えしたいことがあります！」

「……なに？」

どこか警戒するような低い相槌《あいづち》と共に、彼の腕が脇腹に回される。薄手のワンピース1枚しか挟んでいないので、まるで直《じか》に触れられているような感覚だ。

「10年前、ですか。私はデルマティティディス様の気持ちを知りながら、応えることなく元の世界に戻りました。それは疫病の特効薬を取りに行くためだったのです」

はっとデル様の澄んだ青い瞳が見開かれる。私は視線を下に向けた。

「……でも。そういう大義名分のもと、私はあなたに悲しい顔をさせて傷つけました。ずっとずっと、後悔しているんです」

門を起動したときのデル様の泣きそうな顔が脳裏に浮かび、胸が張り裂けそうになる。あの一瞬、私は特効薬などどうでもいいと思ってしまった。魔法陣を飛び出し、デル様を抱きしめたい気持ちでいっぱいだった。

心の奥底にずっと閉じ込めていた気持ち。ようやく解放することができる。

顔を上げて真《ま》っ直《す》ぐにデル様の目を見る。

「ほんとうにすみませんでした。今更なんだと思うかもしれませんが、どうしても伝えたいことがあります。……私はデルマティティディス様のことが好きです。あのときも、今も。ずっとお慕いしています」

デル様は信じられないような顔をして声を失っている。

「デルマティディス様のお気持ちがもう私にないことはわかっています。当然です。あなたを傷つけましたし、10年も経っていますから。今後は……もし必要であれば、ですけれど。また薬師としてお付き合いさせていただけたら――っ!?」

荒々しく肩を掴まれそのまま押し倒される。柔らかなソファに勢いよく背が沈んだ。

「でっ、デルマティディス様!?」

肩を掴んでいた両手は顔のすぐ横に移動していて、私はデル様の大きな身体に囲われていた。真上から垂れる彼の艶やかな髪が頬をくすぐる。

デル様は焦《じ》れたように不機嫌な表情をしていた。

「気持ちがないだと？　……そんなわけない。わたしが心を傾けるものは生涯セーナただひとりだ。この10年だって、そなたの代わりを探そうという気にすらならなかったのだから。わたしの心はいつまでもそなたでいっぱいだ」

「えっ……」

あまりに実直な言葉。面食らう私に彼は射抜くような眼差しを向ける。

「あのとき自分の気持ちを伝えたことを後悔している。結局のところ憂いを隠し切れず、そなたをずっと困らせていたと分かったから」

「困るだなんて、そ、そんなことは」

とにかく身を起こそうと身じろぎすると、ソファに手首を縫い留められる。決して強い力ではないのにびくとも動かない。私を見下ろしながらデル様は薄く形のよい唇を開いた。

「……しかし、そのことがあったからこうしてセーナが気持ちを伝えてくれた。ずるい男だな、わたしは。正直今、歓喜の気持ちを抑えられない」

不機嫌な顔が一転して、驚くほど甘く蕩けた表情に変わる。こんなにも幸せそうなデル様は見たことがない。

夜空あるいは海のように深く青い瞳は私の目をしっかりと捕らえて離さない。熱いのは彼の視線か私の顔か。美しい鼻筋がじわじわと近づいてきて、唇にひとつ口付けが落とされた。

「あ、ふっ……」

ゆったりと顔を離したデル様はすごく妖艶な表情をしていた。気恥ずかしさから顔を背けようとしても、手首を縫い留めていた手が頰に移動してきて、私は彼の視線から逃れることができなかった。胸がいっぱいになる一方で、強すぎる刺激に頭がぼんやりとしてくる。

「……ねえ、セーナ。もう愛称では呼んでくれない？」

ねだるような声。再会してからの彼はなんだか幼い子供のようだと思う。記憶にある凛々《りり》しい姿とは正反対なのに、困ったことに私の心臓は高鳴りっぱなしなのだ。

記憶にある彼も、目の前の彼も、どちらもすごく愛おしい。だからもちろん私の答えはひとつで。

「で、デル様……」

10年ぶりの、私だけの呼び方。どこか気後れして蚊の鳴くような声になってしまう。

「そなたの口から再び聞く日が来ようとは。ああ、本当に夢みたいだ」

デル様は目を細め、泣き笑うような幸福の笑みを浮かべた。胸の奥に切なさを抱えながら私も精一杯の笑みを返す。

彼は私の耳に唇を押し当てて、そのまま美しい低音で囁《ささや》いた。

「10年ぶりに、一緒に寝たい」

――それがどういう意味なのか、正しく理解するまでに時間は掛からなかった。トロピカリの小さな家に住んでいたころ、いたずら半分で添い寝したこととはわけが違う。

既に胸は熱いものでいっぱいで、頭は弾けそうなくらいにスパークしている。

けれども私は彼のことが好きで、彼もまた私のことを想い続けてくれた。その幸福感にふたりで浸っていたいという思いがなにより勝った。

彼の首に両手を回し、「私もです」と小さく頷《うなず》いた。

すぐさま温かなもので塞がれる唇。

暖炉の薪が、パチンと爆《は》ぜる音がした。

5

――翌日。節々の痛みと共に目が覚めた。

「う……ん……」

窓から射《さ》し込むのは朝というより昼に近い日差し。肌に触れる滑らかな毛布が気持ちいい。

ごろりと寝返りを打つと美々しい造形が目に入る。デル様はまだ寝ているようだ。白いシーツに乱れる黒髪がそれだけで強烈な色気を放ち、昨夜の出来事が呼び起こされて顔に熱が集まる。

怠さが残る身体に力を入れて起き上がる。デル様を起こさないように気を付けながら、ゆっくりとベッドを降りた。

ソファに座って彼の起床を待つも、小一時間経っても起きてこない。仕事は大丈夫なのだろうかと心配になり、そろりと顔を覗き込む。

心臓がすくみ上がった。

「デル様っ!? どうしましたか!?」

彼の顔は真っ青だった。頬と額にはじっとりとした汗が滲み、呼吸は浅く遅い。体調を崩していることは明らかだった。

「………セーナ。休めば大丈夫だ。すまないが、もうしばらくこのままで」

薄く目を開けて息も絶え絶えに言葉を絞り出すデル様。私が起きたときは確かに大丈夫だったのに、一体いつから？ もっと早く気付けなかった自分を悔やむ。

「い、今お医者さんを」

「いらぬ」

デル様は踵を返した私の腕を掴む。その手には存外力が入っていて、私の足はその場に縫い留められた。

「医者に診せて治るものではない」

「そ、そうなんですか？ ああ、もしかして毒矢の件のお薬が効かなくなってるんですか？ でしたら新しいものを調合しましょう」

「………そうだな。そうしてくれると助かる」

かつてデル様が受けた毒矢に起因する体調不良は、どこのお医者さんに診せても治らなかったという。けれども私の漢方薬は効果を発揮し、一時はほとんど元通りの体調にまで回復していた。当時から10年が経過しているとなれば、症状や体質に変化が生じて薬が効かなくなっている可能性はある。

さっそくデル様に四診《ししん》を行い現在の体質を把握する。

その結果、初めて会ったとき以上に病状は悪くなっていた。デル様は気血水の巡りが滞っているほか、「腎」という成長や生殖、生命力をつかさどる部分の虚が著しい状態にあると判明した。

「腎陽虚ですね。八味地黄丸《はちみじおうがん》がいいと思います」

「感謝する。そなたは変わらず頼もしいな」

「いいえ。私がいなくなったばっかりにデル様がまた体調を崩してしまって……。申し訳ない限りです」

「そなたは何も気にしなくてよい。そもそも、そなたと出会えていなかったら毒に蝕《むしば》まれてとうの昔に死んでいた身だ」

デル様の指示に従い、調合方法を記した紙を廊下に控える侍従さんに渡す。お城の医薬室で作っていただけるらしい。

彼が起床したことが各所に伝わったのか、ほどなく朝食の用意ができたと知らせが入った。

「空腹だろう、セーナ。もう動けるから食事にしよう」

「わかりました」

ベッドの上で休憩していたデル様は先ほどより顔色が回復している。朝が一番症状が重いのだと教えてくれた。

着替えて寝室から続く私室に移動すると、香ばしい匂いが私たちを出迎える。そういえばこちらに戻ってきてからなにも飲食していない。ご馳走《ちそう》の数々に思わず喉が鳴る。

皮がパッパッに張ったソーセージに黄身の盛り上がった目玉焼き。湯気を上げるのはスープでほのかにスパイスの香りがする。種類豊富なパン類にみずみずしい生野菜のサラダ、美しくカッティングされた果実まである。――とてもふたりでは食べきれないような量が大きなテーブルを埋め尽くしていた。

「厨房《ちゆうぼう》が気合を入れたようだな。好きなものを好きなだけ食べるといい」

「すみません、何から何まで……。お言葉に甘えてごちそうになります」

デル様が引いてくれた椅子に腰を下ろし、いただきますと手を合わせた。

給仕さんが食後の珈琲《コーヒー》を淹《い》れて退室する。デル様とふたりきりになったところで、最も気掛かりなことを切り出した。

「……デル様、疫病はどうなりましたか？」

「そうだな、セーナが帰ったあとの話をするか」

デル様は静かにカップを置いた。

「そなたが帰ってから2年ほどが山場だった。各地で治療を踏ん張っている間に専門の隔離病院を建設した。そこに人員を集約して治療を効率化し、迅速に患者を搬送する仕組みを構築した。そなたが言っていたように、この病に根本的な治療法はない。であれば発症者を隔離し、徹底的に感染を防ぐしかないと考えたのだ」

「素晴らしい仕組みですね」

とても理にかなった方法だ。デル様の能力の高さを再認識する。

「そなたの残した漢方薬のおかげもあるし、『手洗い・うがい・酒精消毒』を徹底したことも効果があった。また、多くの国民が病を経験したことにより『免疫』もついたのだろう。今では夏の季節にぽつぽつと流行《はや》るだけで、死亡率は3割程度だ」

「3割！」

驚きに思わず声を上げる。確か流行り始めの死亡率は5割だったはずだ。手洗いうがいや免疫の話は私がいたころに共有した知識だけれど、よほど徹底してくれているのだろう。でなければ到底辿り着けない数字だから。

「とても……とても大変だったのではないですか。言葉では言い表せないほどに」

心の底から感嘆の声が出る。デル様はどこか懐かしむような目をして軽く笑った。

「幸いわたしには優秀な臣下がいるからな。フラバスを始めとして、みなよくやってくれた」

「ああ、ドクターフラバス……！」

馬顔に眼鏡をかけた優しい医師のことを思い出す。同時に、彼の目の下のクマは今どうなっているのだろうと心配になった。

ともかく。デル様の話をまとめると、国を襲った疫病は今や暮らしに馴染《なじ》んだ病気——日本で言えば冬に流行するインフルエンザくらいの感覚にまで抑え込めているようだ。

この様子なら、セナマイシンがあれば疫病で亡くなる人はごく僅かに抑えることができる。ポケットからバイアルを取り出してコトリとテーブルに置く。

「こちらが疫病の特効薬です。ブラストマイセスの皆様のためにお役立てください」

「……そなたが何か目的を持って元の世界に戻ったのは感じていたが、まさか我が国のためだったとは」

バイアルに入った白い錠剤を見てデル様は目を伏せた。そしてゆっくりと立ち上がり、私の前で胸に手を当てて跪《ひざまず》く。呆気に取られていると彼の青い瞳がしっかりと私を見据えた。

「国王として心より感謝する。我が国はそなたに救われた」

彼はあろうことか私に向かって頭を下げた。琥珀《こはく》に輝く角が私の目線のすぐ下にある。

間近で見るそれは透明度が高くたいそう美しい。光の入射角によって様々な濃淡を見せ、思わず目を奪われる。と、角に映る間抜けな顔をした自分と目が合いはっと意識が引き戻される。

「いやいや、やめてくださいデル様！　顔を上げてください。薬師としてするべきことをしたまでですから。そんな大層なことではありません」

彼の肩をぐいと引っ張り必死に訴えるけれど、デル様はびくともしない。それどころか律儀な魔王様は真摯な瞳で更に困るようなことを言ってくれる。

「礼をさせてほしい。そなたが望むもの全てを叶《かな》えよう」

「ほ、ほんとうに気にしないでください。欲しいものなんてないんですよ」

特に思い残すことなく死んでいるし、また薬師として平々凡々に生きていければそれでいい。

そこまで考えてふと気が付く。私は死んでいるのだから、このままブラストマイセスにいていいものなのだろうかと。その昔トロピカリの森に出現してしまったときとは状況が違う。

「デル様。望みはないんですけど、質問があります。私、死んでここに来ていますよね。これから先どのようにしたらよいのでしょう」

尋ねると、デル様はなぜかにこりと笑った。跪いたまま私の手を取り、大切なものを扱うかのようにそっと撫《な》でる。

「セーナ。そなたの今後は決まっている」

「えっ、そうなんですか？」

目を丸くしてデル様を見つめると、彼はさも当然のように言い放った。

「もちろんわたしの妃《きさき》だ」

「……んっ⁇」

私がデル様の、つまり国王様、魔王様のお妃になる？

言葉を失う私の顔を、彼は面白くも愛おしそうに眺める。

「嫌か？　わたしの妃になるのは。この通りままならない身ではあるが、そなたが戻ってきてくれた以上、生涯をかけてそなたを守り大切にすると誓う」

デル様は口を閉じ、返事を待つかのように沈黙した。

彼の言葉は真摯であり誠実さに溢れていた。と同時に、断る選択肢などないとでも言わんばかりのある種の圧を孕《はら》んでいた。

こういうとき、私は彼のことを〝魔王〟なのだなと感じるのだ。望んだものはなにをしてでも手に入れる。手に入れられないことがあってはならないと。デル様はその力を善政に使う聡明な魔王様だけれど、きっと普通の魔王はそうではないのだろう。なにも知らない私でも、不思議とそう理解できるものだった。

彼に触れられている手からじわりと熱が伝わる。

妃にと望んでもらえてとても嬉しい。それはつまり、この先ずっと彼の隣で過ごせることを意味するのだから。けれども、すぐに応じられるほど簡単な問題ではないという思いがブレーキを掛ける。

「……デル様のお気持ちはとてもありがたく、嬉しいです。でも、私なんかがお妃様でいいんでしょうか。品も礼儀も持ち合わせていませんし、貴族でもありません。そのうえ1回死んでいる得体の知れない存在です」

「セーナが不安になるのは理解できるが、心配は無用だ。とりあえず、疑問について一から説明しよう」

「お願いします」

王妃となると色々立場や責任があると思う。ただの庶民に務まるものではないだろう。軽い気持ちで返事をしてはいけない。

デル様は椅子を私の隣に持ってきて腰を下ろす。そして安心させるように穏やかな声で話し始めた。

「まず、死者は冥界に落ちる。あの薄暗い砂漠のようなところだな」

「はい」

「それでだ。冥界入りしたものはいずれかの進路を選ぶことができる。1つは転生だ。転生先は選べないが、生まれ変わって新しい生を歩むという道。もう1つは冥界で暮らす道。冥界の扉の先はひとつの街になっていて、みな思い思いの暮らしをしている」

「冥界にあった扉、その先に見えた蜃気楼のような街のことですか？」

「そうだ。扉にはそれぞれに守護者がいる。そのうちのひとりが魔王、つまりわたしだ。他の者は、まあ、妃となればいずれ会う機会があろう」

「そのような仕組みになっているんですね。……ということは。お妃のお話を聞く前はまたここで薬師として生きていけたらと思ったんですけど、それはできないということですね」

「理解が早いな。その通りだ。冥界から転生以外で外の世界に出すことは原則禁じられている。転生先をブラストマイセスに指定することもできない。そういうことを認めると世界が混沌《こんとん》としていくからな。だから薬師にこだわるのなら冥界の街でということになるが……あそこに病気や死という現象はないので、需要はないかもしれない」

　デル様の言う通りだ。死者の暮らす街に医療関係者は必要ない。

「ただ、セーナに限り第3の選択肢がある。それがわたしの妃というわけだ」

「……と言いますと？」

「原則は原則。例外もあるということだ。冥界の守護者、即《すなわ》ちわたしが許可を出せば生者の世界に出すことができる。ただ、権利を行使するには正当な理由が必要だ。わたしの妃という事情であれば誰も文句は言わないだろう」

「なるほど。確かに筋の通った話です」

冥界の守護者というのはとても力のある立場のようだ。

と同時に理解する。デル様が私を妃にするというのは、私の自由を確保する意味も含んでいるということを。私がやりたいことをやって自分らしく生きていけるように、最も障害のない選択肢を用意してくれたのだ。

どこまでも深い思いやりに胸が熱くなる。

「あとは品格や礼儀云々《うんぬん》の話か。それも杞憂《きゆう》だ。先代までは堅苦しいマナーやら伝統的な舞踏会なんかが存在したが、わたしの治世になってから全廃している。セーナは普段通り過ごしてくれればいい。国民の反応であるが、そもそも国王が魔王であるから妃が死者であったところで今更であろう」

ふっとデル様は可笑しそうに笑った。

「そ、そういうものですか」

「実はセーナが不在の間に魔族と人間の距離はかなり縮まってな。魔族は疫病に罹《かか》らないので人間の看病をしていたのだが、それが信頼を得たらしい。この点は疫病に唯一感謝しているところだ。そなたがいたころ魔族は人間に化け正体を隠していたが、今では魔族を名乗り堂々と暮らせるようになっている。まあ、見た目だけは大きさ的な問題もあって人間体を続けているが」

「それは素晴らしい変化ですね！　魔族の皆さんの良さが認知されて私も嬉しいです」

ゾフィーの東部病院を思い出す。ドクターフラバスを始めとする魔族の医療従事者は、かつて自分たちを脅かした人間たちのために必死に働いていた。寛容で心優しい種族だということを目の当たりにして、私は魔族に対して尊敬の念を抱き、大好きになった。彼らがのびのび暮らせる世が早く来ますようにと願っていたけれど、まさかこんなに早く訪れるなんて。

「うむ。そういうわけだから、そなたも問題なく受け入れられるだろう。なにより疫病の特効薬をもたらしたという大きな功績もある。疫病の恐ろしさは貴族平民問わず味わっているから、誰も文句は言わないだろう。セーナ自身が身分を気にするのなら、勲章を授与して形式上公爵家に養子に入ってもいい。わたしはしなくていいと思っているが」

デル様は安心させるように私の背中に手を滑らせる。

「魔族のほうは言わずもがなだ。魔王であるわたしの病を治したのだから、みなセーナに感謝しているぞ」

「…………そうですか」

思っていたよりも簡単なことだったのかもしれない。デル様が言うほどきっと現実は甘くないだろうけど、それでも彼は私のために障害を取り除き、道を準備してくれている。ずっと変わらない彼の優しさと誠実さに、今度こそ自分も応えたいと思った。

なにより私も彼のことを愛している。これからの時間は共に過ごしたい。もう2度とあの日のような別れを経験したくなかった。

心は決まった。返事をしようと口を開きかけたところで、デル様が一歩早く言葉を発した。

「そうだ、言い忘れていたが――」

デル様は意味深長に口角を上げる。

「妃になったら調合と実験がやり放題だ。疫病をきっかけに我が国は医療に力を入れる方針を打ち出している。専門機関として国立医療研究所を建設中だ。セーナの公務として所長になってもらえたら助かるのだが？　フラバスによれば、そなたは間違いなくブラストマイセスで最高の知識と技術を持つ薬師だそうだ」

「お妃様になりますっ！　ならせてください!!」

立ち上がった勢いで、ガタガタッと音を立てて椅子が倒れる。

ま、まずい……興奮しすぎたわ……。

顔に熱を感じながら静かに椅子を元に戻す。

「なんだ、随分とちゃっかりしているな？」

思い通りの反応が返ってきたのが楽しいのだろう。喉の奥からくつくつと笑うデル様。

まんまと引っかかってしまったことが恥ずかしくて下を向く。けれど同時にデル様はほんとうに私のことをよく理解してくれているわと胸が震える。

「……研究所のことがなくても、お妃にしてくださいとお返事するつもりでした」

そう小さく呟けば、デル様はぴたりと動きを止める。

デル様というかけがえのないひとに出会い、ブラストマイセスという第2の故郷を得た今、彼と国を支え幸せにしたいという気持ちは自分でも驚くほど強くなっていた。

私は自らの手で大切なひとと自分の居場所を守りたい。

「デル様」

その名を呼ぶと、角を真っ赤に染め上げた愛しいひとの顔《かんばせ》が引き締まる。

深く青い、底知れぬ美しさを持つ瞳。じっと見つめると、彼も緊張していることが伝わってきた。

「私はデル様と共にありたいです。王妃として努力し、困難に立ち向かい、あなたとブラストマイセスを支えたいです。どうか私と結婚してください。一生懸命頑張ります」

言い終わるが早いかぎゅっと強い力で抱きしめられる。その荒々しさに余裕は微塵《みじん》も感じられなくて、いつもの彼らしくなかった。

デル様の胸に顔を寄せると心臓の音が走るように聞こえた。

「……わたしの唯一の妃。必ず幸せにする」

感情の極まった声だった。

（デル様……ありがとう）

きちんと言葉にしたいのに、胸がつかえて声が出なかった。

王妃という立場は私が想像する以上に重いものに違いない。国民と王を支える太い柱であらねばならない。きっと苦労や困難も多い人生になるだろう。

でも、このひととならば乗り越えていける。強くて優しいデル様。常に国民のことを最優先に考えている素敵な魔王様。彼の言葉は夢物語や単なる理想ではなく、いつだって行動を伴っていたことを私は知っている。王妃として共に国を守ると同時に、彼と幸せを噛みしめて生きていきたい。

「……セーナ。難しい顔をして何を考えているんだ？」

「ふふっ。どうやってデル様を幸せにしようか考えていたんです」

驚いて目を見張るデル様。彼の些細《ささい》な表情の全てに胸が高鳴り身体が熱くなる。

私は精一杯背伸びをして、未来の旦那様にそっとキスをした。


【薬師メモ】

八味地黄丸とは？

八味の生薬で構成されることからこの名が付いた。江戸時代には精力増強の代名詞として知られ、たびたび川柳に詠まれたという。

・使用例：加齢に伴う全身の機能低下。かすみ目、疲労倦怠《けんたい》感、冷え、排尿異常など。
・原典：金匱《きんき》要略《ようりゃく》

第八章　魔王様の婚約者

1

魔王様の婚約者という立場になった私は、彼の厚意でお城に一室もらって住むことになった。

頂いた部屋はデル様のお部屋のすぐ隣。つまり王妃の部屋だった。恐縮して落ち着かないほど豪華な部屋で、シンプルなデル様の部屋より数倍お金がかかっていそうである。改めて王妃とは重みのある立場なのだわと身が引き締まった。

ブラストマイセスには、いわゆる結婚式というものはないらしい。

ただ私は王妃になるので国民へのお披露目という場が設けられることになった。とは言っても、城門の外に作られたステージから観衆に向かって手を振るだけ。大々的にパレードなどをするわけではなくてほっとした。準備の都合上、入籍とお披露目式は1年後に予定された。

それにしても、まさか自分が結婚することになるなんて。全く実感が湧かなくて妙な気分だ。そして人間とは欲深いもので、私は今になって急に30歳という年齢が気になり始めていた。どうせならもっと若くて肌がぴちぴちのときにドレスを着たかったわと嘆きながら、お城の美味《おい》しい食事によって急増した脇腹の贅肉《ぜいにく》をつまむのである。

「――ですが、セーナ様はこれ以上お歳《とし》を召されませんわよ。そういう意味ではアラサーとやらで時が止まって良かったと思いませんの？」

「えっ？」

目から鱗が落ちた。

衝撃発言をしたのは私の侍女兼護衛のロシナアムだ。彼女は17歳になる侯爵家のお嬢様で、腕利きの暗殺者《アサシン》でもある。なんでも代々王族の警護をする血筋の家で、旧王国が倒れた際に家を取り潰されるはずだったところをデル様にスカウトされ、ブラストマイセス王国となった現下も側近として取り立てられているそうだ。

ちなみに今は彼女にお披露目用衣装の採寸をしてもらっているところだ。鮮やかなピンク色のツインテールがきびきびとした動きに合わせて揺れている。

「亡くなっておられますもの。もはや年齢という概念がございません。端的に申し上げれば、今のセーナ様は不老不死のお身体なのですわ」

「ふっ、不老不死……!?」

「はい。老化しませんし、怪我《けが》や病気で再度身罷《みまか》るということもありません。例外があるとすれば、お身体が粉々に爆散してしまうような場合ですわ。そうなると魂の入れ物がなくなるので、強制的に冥界に送られてしまいますのよ」

なぜそんなに詳しいのかと尋ねれば、アサシンという職業上、様々な機密情報や裏社会事情に触れているからだと教えてくれた。

「な、なんと……！」

開いた口が塞がらない。いつの間にか私は究極生物になっていたようだ。

研究所が完成したら、この身体を調べないと……！

マッドサイエンティスト思考がむくむくと膨らみだす。死なないのなら自分の身体を被験体として実験をやり放題ではないか。細胞はどうなっているのか、テロメアはどうなっているのか、調べたいことが次々と思いつく。

「……あっ！　でも、ということは」

ふと重要なことに思い当たる。

「デル様は歳をとるのよね……？」

「当然です。陛下は生身ですので」

視線を巻尺の目盛りから離さないまま居丈高に答えるロシナアム。およそ次期王妃に対する態度とは程遠いと思われるけれど、彼女は最初からこうだった。

初めて対面したとき、「あなた様がわたくしのご主人様ですの？　平民出身で死者ですって？　ぱっとしないですわね」と値踏みするような視線を向けられた。腕を組む高漫な態度にこちらも身を固くしたのだけれど、「……陛下がセーナ様をお認めになり、わたくしが仕えるからには、堂々と王城を闊歩《かっぽ》してくださいませ。ファントムアーク侯爵家の剣に誓ってお守りいたします」と美しい礼をとってくれたことで私の心臓は撃ち抜かれた。

つまるところ、ロシナアムはツンデレなのだ。小生意気だけど忠義心があり、可愛いのである。誰かに似ているなあと思ったら、ライみたいな感じだわと合点《がてん》がいった。彼は元気にしているかしら？

――懐かしんでいる場合ではない。頭はデル様の話に戻る。

デル様は歳をとるけれど、私は不老不死。それはつまり、私は夫や子供をずっと見送り続けるということか。

青い顔をして固まった私を見たロシナアムは、なにを考えているかわかったらしい。ウエストを測りつつ、少し思案してから言葉を発した。

「ご心配でしたら、陛下にご相談してみてはいかがでしょうか」

「え、ええ。そうするわ」

どうにかなるのかわからないけれど、これはかなり重大な問題だ。すぐさまデル様に「今夜ご相談があります」と念話を送った。

そうそう、私は念話が使えるようになった。念話というのは魔族同士のコミュニケーション手段のひとつで、離れた場所にいても頭の中で会話のやりとりができるものだ。共に夜を過ごしたときに私はデル様の魔力に染まったらしく、その晩以降念話が使えるようになった。

デル様の魔力を受けたといっても、なんの訓練もしていない私が使えるのは最も簡単な魔術である念話だけ。彼みたいに天変地異を起こしたり、指パチンで転移したりということはできない。

ちなみにロシナアムは人間なので念話を使えない。市井の人間は念話を使わなくても暮らしに支障はないけれど、ロシナアムは立場上魔族との連携があるので、念話と同等の機能を持った魔術具を耳に付けている。ピアスのようで可愛い。

デル様からはすぐに「分かった」と返事が来た。緊張が緩んだ私を見てロシナアムはすまし顔で告げる。

「セーナ様、顔色が良くなったようで何よりですわ。採寸もちょうど終わりました。それで、ひとつよろしいでしょうか」

「ありがとう、ロシナアム。なにかしら」

ロシナアムは優秀な侍女だ。こうして私の様子によく気付いてくれるし、異世界の庶民だった私の至らない部分をさりげなくフォローしてくれていることも知っている。もっと仲良くなりたいし、ずっと大切にしたい。

にこにこして先の言葉を待っていると、ロシナアムはにやりと笑った。

「もう少しウエストを絞ったほうがよろしいかと。このままではお衣装が映えませんわ。

あと、髪型も野暮ったいですわね。とてもあの陛下の婚約者には見えませんことよ。僭《せん》越《えつ》ながらわたくしぐらいを目指していただかないと！」

メイド服の引き締まったウエストを強調し、くるりと回ってみせるロシナアム。黒いスカートと白いエプロンの裾がひらりと舞い甘い香りが漂う。ガーターベルトに多数の暗器が見えたのは気になるけれど、現役のアサシンである彼女の脚はカモシカのようにしなやかだ。フェノールフタレイン液みたいな赤い目を細め、美人侍女は挑戦的に流し目を寄越す。

「…………」

前言撤回。

ロシナアム、すごくすごーく生意気。嫌いッ！

2

その晩。湯あみを済ませて彼の私室に向かうと、既に彼はソファでくつろいでいた。室内にいた侍従さんたちは手早く珈琲と紅茶を淹れて退室する。

「デル様。お忙しいところすみません」

「当然だ。大切な婚約者のために時間をとらない愚か者がどこにいる？」

「ふふっ。デル様のお優しいところが素敵ですよ。夜のお薬はもう飲みましたか？」

「ああ、先ほど飲んだ。……ほら、こちらへ」

いつものようにデル様の膝に横抱きにされる。

「それで、話というのは？」

言いながら彼は机の上の菓子皿に手を伸ばす。私の腕では届かない位置にあるものも、彼の長い腕でなら楽々手にすることができる。

甘やかされるままに差し出されたクッキーにぱくりと食らいつく。

「……ええと、ロシナアムから聞いたのですが、私は不老不死なんだそうですね？　でもデル様には寿命があると。この先いつかデル様がお亡くなりになって、私だけがずっと生きるのは嫌だなあと急に心配になりまして」

「ほう……」

デル様は喜悦の色を浮かべて私を優しく抱きしめる。

人外の美しさを持つお顔が近くにあるのは緊張するけれど、それに触れる喜びも今の私は知っている。

「ロシナアムはデル様に相談してみてはと言いました。私、できることならデル様と一緒に人生を終えたいのです」

「わたしは本当にいい妻を迎えられるようだ」

嬉々《きき》としてご機嫌なデル様。約310歳の美丈夫である彼だけれど、こういう屈託のない笑みを浮かべるときはいくらか幼く見えるのが不思議だ。彼はにこにこしながら私の頭を撫で始める。

「セーナには好きなだけ人生を楽しんでほしいから、わたしと共に終わりを迎えてくれるだなんて思ってもみなかったのだ。もちろん方法はあるぞ。わたしは魔王だからな」

「そうなんですか！　よかった……！」

人生を楽しめるのも終わりがあってこそ。ひとりで果てのない生を味わえるほど私は達観できていない。魔王であるデル様も十分長生きだから、共に人生を終えるのが最も幸せなことだ。

「わたしが終わりを迎えるとき、一緒にセーナの魂も引っ張っていこう。そなたがわたしの魔力に染まっているからこそできることだ」

「魔力の繋がりって便利ですね。ありがとうございます。よろしくお願いします」

元気よくお願いすると、デル様はこくんと頷き再び私の頭を撫でた。

悩みが解決したのでデル様の話を聞いてみることにする。1年後には王妃になるのだから、彼が日頃どういった仕事をし、どういう生活を送っているのか学んでいきたかった。

「デル様は、今日はどのようなお仕事をされていたんですか？」

「わたしか？　いつもと大して変わらぬ執務をしていたが……そうだな、変わったことと言えば、王都で殺害事件があったな」

「えっ」

猛威を振るった疫病が落ち着いたブラストマイセス。復興の途上ではあるけれど、国民の気力は充実し、特段治安が悪いといった状態にはないとロシナアムからは聞いていたけれど……。

「殺害事件というのは平時においても大なり小なり日々あることなのだが……。今回襲われた者というのが、祖父の代から世話になっているドワーフの職人でな。もともとは魔族領《バルトネラ》で鍛冶屋をしていたのだが、ブラストマイセスになってからは王都に越してきてわたしの依頼に応えてくれていた。そろそろ隠居して余生を楽しむと言っていただけに、非常に残念だ」

「そう、なのですね」

魔王家御用達《ごようたし》の職人さんが被害に遭ってしまった。デル様は小さく肩を落とす。知り合いが亡くなる、ましてや殺されるというのはとても悲しいことだ。そっと彼の背中に手を添える。

「お辛いことですが、どうかお気を落とさず。冥界か次の生で心安らかに暮らせることを祈りましょう。……犯人は捕まったのですか？」

「いいや、逃亡中だと聞いている。殺害に使った縄が残されていたが、どこにでも売っているような品物だった。しかし、縄の結び方が見たこともない特殊なものだったことから、調査の手掛かりにはなるだろう」

「そうなんですね。早く捕まるといいのですが」

彼はなにかを思い出すように遠い目をして呟いた。

「罪のない者の命を奪うなど愚劣極まりないことだ。このような事件が我が国から消える日が来ることを切に願う」

「私もそう思います。……もし私にできることがあれば、なんでも言ってくださいね」

「ありがとう」

デル様はどこか寂しそうな笑みを浮かべ、私の手を取り唇を落とす。

次に顔を上げたときには寂しさの影はすっかり消えていて、代わりに悪戯《いたずら》っぽく口角を上げていた。

「それでセーナ。念には念を入れたほうがよい」

「念を入れる、ですか？　ええっと、なんのことでしょう」

今の話でなにか念を入れる内容があったかしら？　不思議に思う一方で、どことなく嫌な予感が背筋を流れる。

「そなたはわたしと共に生を終えたいのであろう。では、わたしの魔力が薄まらないようにしないとな？」

くすりと人のいい笑みを浮かべているものの、その瞳の奥には熱がちらついていた。

「……！」

彼の言わんとすることを理解して、顔がぶわっと赤くなる。

急に身の置き所がなくなってきた。慌ててお菓子の皿に手を伸ばすけれど、デル様にさっと腕を取られる。彼は麗しいお顔をこてんと傾け誘惑した。

「セーナ、わたしはもう眠い。早く寝よう？」

「デル様。ご、ご体調のことがありますから、無理はしないほうが」

「そなたの薬を飲み始めてから調子がいい。今昼は少し剣を持つこともできたし、適度に身体を動かしたほうがいいと言ったのはそなただろう」

デル様がずいと端麗な顔を近づける。澄んだ無垢《むく》な瞳と整った鼻筋が私に圧をかける。

「そっ、そうですけど……っ！」

ほんとうに、このひとは。自分がどれだけ素晴らしい見た目をしているのか理解しているのだろうか。全てが熱くて甘いその姿に私の小さな心臓は悲鳴を上げっぱなしだ。

そして結局、私はデル様に敵《かな》わない。愛しいひとのお願いはなにより強いと思うのだ。

「…………わかりました」

彼は目を細めて幸せそうな顔をし、私を抱えて隣の寝室へ向かうのだった。

3

勤め先になる国立医療研究所が建設中のため、この期間を利用して私は王妃教育を受けている。

地球の一般庶民だった私が異世界の勉強についていけるかしら？　そんな心配もあったけれど、結論から言うと大丈夫だった。

王妃教育のメインは座学。デル様の言っていた通りマナーやダンスといった実技の授業はごく僅かだった。その代わり知識面の科目が充実していて、専任の教師が歴史や国の組織、国土の特徴、魔物の生態などについて教えてくれる。新しい知識を吸収できることはとても楽しい。どの科目も心が躍った。

「歴代の王妃殿下とセーナ様はかなり嗜好《しこう》が異なるようですね」

教育責任者である魔族の老先生が驚く。聞けば、魔王の妃というのは良くも悪くも気が強く、歴代魔王の多くは尻に敷かれていたのだとか。お茶会を開いて側近を侍《はべ》らせたり、美食に舌鼓を打ったりして優雅に過ごす生活が普通らしい。私のように勉学を好み、真面目に王妃教育に取り組むタイプは稀《まれ》だそうだ。

「図書室《ライブラリ》に色々と書物がございますので、ご興味があればご覧になってみてはいかがでしょうか？」

もちろん読むに決まっている！　さっそく午後向かうことにした。

図書室は、王城の中央にある最も大きな建物から渡り廊下を通って隣接する宮殿にあるそう。案内してくれるロシナアムの後を付いていく。

お城はとても広い。黒い石でできていることもあって重厚な雰囲気がある。廊下には数メートル間隔で松明《たいまつ》が灯《とも》され、ゆらゆらと橙色《だいだいいろ》の炎が揺れる。長い廊下には左右にいくつものドアが並んでいて、こんなに立派なお城の主がデル様だということが妙な心地だった。

普段は決まった区画しか出歩かないため逐一興味を惹《ひ》かれる。きょろきょろしながら歩いていると、突然立ち止まったロシナアムの後頭部に顔面を強打した。

「お待たせしました。こちらが図書室でございます。入室には登録が必要ですが、セーナ様は陛下の魔力をお持ちですので不要ですわ。こちらに手を当てると扉が開きます」

顔を押さえる私を一切気に掛けることなく、涼しい顔で説明するロシナアム。さ、さすがツンデレ侍女だわ……！

彼女は扉のある部分を指し示した。そこには精巧な紋様が描かれている。蝶、だろうか？　冥界の扉にあったものと似ている。

促しに従って手を当てると蝶が淡く光り、大きな木の扉がすうっと霧のように消えた。露《あら》わになった室内は見渡す限りに本棚が並んでいて、古書特有の香りがゆったりと漂ってくる。この部屋だけ時の流れが異なっているかのような空気感だ。

「わたくしはこちらに控えておりますので。ごゆっくりお過ごしください」

「ありがとう。色々読みたいから、ちょっと時間が掛かると思うわ」

1歩入室すると背後に音もなく扉が現れ、廊下に留《とど》まるロシナアムの姿は見えなくなった。

「これもきっと魔術かなにかなんだわ。すごいわね、ほんとうに……」

魔法と魔術という似て非なる2種類があると王妃教育で教わった。それによると魔法は模倣、魔術は芸術、だそうなのだけれど、抽象的すぎて理解が至らなかった。今後詳しく教えてくれるそうなので楽しみだ。

改めて室内に向き直る。

……予想していた以上に立派な図書室だ。

床から天井までの壁が丸々と棚になっていて、ところどころに梯子《はしご》がかかっている。天井はドーム状のステンドグラスで、側面にある窓は効率よく光を取り込めるよう計算されて切り出されているように見えた。

部屋の中央には読み書きができる机と椅子が点在しており、ペンやノートといった筆記用具が備えられている。

旧王国の蔵書と魔族の蔵書が合わさっているにしてもかなりの量だ。ざっと見た感じでは、書籍だけでなく資料や図録なども並んでいる。

書物の数だけ知識があると思うとわくわくする。どれも地球にはないものだろう。

「私の知らない世界がこんなにあるなんて素敵だわ。生きているうちに読み切れるかしら？」

さっそく手近にある1冊を手に取り椅子に腰かける。

「ふふふっ、インクのいい匂いがする。どんな本なのか楽しみね」

タイトルから察するに、魔族の古い童話集のようだ。どきどきしながら最初の1ページをめくる。1分も掛からずに私は物語の世界へ引き込まれていった。


手元の文字が随分読みにくくなってきた。窓の外を見れば、入室したときには真上にあった陽《ひ》はすっかり傾いていた。

明かりはどこかしらと席を立つと同時に、自動的に燭台《しょくだい》に火が灯ってびっくりする。まるで私の意識を読み取ったかのようなタイミングだ。

これも魔術かしらと感心しつつ、腰を下ろして本日最後の書物を手に取る。これは開架書架ではなく奥の資料室から出してきたものだ。施錠してあったものの、入口と同じ蝶の紋様に手をかざすと中に入ることができた。

表紙に魔法陣のような模様が描かれたおしゃれなデザインだ。ところどころインクが薄れ、紙の質感も目が粗く年季が入っている。

これは本というより帳簿かしらね……？

製本されてはいるけれど、内容がまとまった文章ではなかった。それぞれのページには暦、日付、名前が書いてあり、備考欄に一言二言メモがある。

パラパラとページを繰っていくと、最新のページに記された名前に目が留まった。

「これ、私の名前じゃないの」

同名の別人という可能性もあるけれど、確かにそこにはセーナと書いてある。

「この日付は……あれっ。私が日本に戻った日だわ。ええと、備考には『門の歪みから迷い込みし魂をあるべき場所へ』？　ああ、これは門の使用記録なのかしら」

かつては門を使って国を豊かにする技術者を召喚していたという。しかし起動にかかる魔力が膨大すぎること、行使には代償が必要なこと、国はある程度潤ったとの判断から現在は使用禁止になっているとデル様は言っていた。

最初に戻り、詳しく内容に目を通していく。

４ページ目に書かれた名前でぎくりとする。それは『ヒポクラテス』だった。備考欄には『人は自然から遠ざかるほど病気になる』とある。

「ひぽ、ひぽくらてすぅ⁉」

思わず叫び声を上げて文字を2度見する。

ヒポクラテスとは古代ギリシアの医師だ。医学の父とも呼ばれており、医療関係の勉強をした者ならば誰しもが耳に覚えのある名前だ。

「ヒポクラテスさんが召喚されていたなんて！　これは大事件だわ！」

一気に頰は紅潮し、手にじわりと汗が滲む。

まさか歴史上の偉人が召喚されていただなんて！　このあとに続くページにも著名人の名前があるかもしれない。はやる気持ちを抑えながらページをめくる。

目に飛び込んできたのは『始皇帝』の文字であった。備考欄『帝王学の監修』。

秦《しん》の始皇帝は初めて天下を統一した人物だ。貨幣や文字の一本化など様々な功績を残している。確かに帝王学を学ぶにはぴったりな人物だけれど、魔王に帝王学を教えるなんてよほど肝っ玉が据わってないとできないんじゃないだろうか。見ず知らずだけれど始皇帝が気の毒になってきた。

「……あ。もしかして、この国に生薬が豊富なのは彼の影響かしら？」

東洋医学の始まりは始皇帝が不老不死の薬を求めたことからとも言われている。

健康意識の高い彼だから、この世界に召喚されたあとも研究を続けていたのかも。ひょっとしたら、多種多様な薬草が生えていたトロピカリの森は、かつて始皇帝の薬草園だったのかもしれない。

ふと想像して、長い年月の流れを感じる。

しかし、きっと寿命の関係もあったのだろう。始皇帝は育てた薬草を活用するところまでは至らなかったように思われる。なぜなら私が転移してきた時点でこの国の薬学は遅れていたから。

とにかく、彼のおかげもあって私はこの国で薬師業ができている。始皇帝さん、どうもありがとう。感謝しながら次のページへ進む。

そこには『クレオパトラ』とあった。備考『魔王陛下が膝枕を強くご所望のため』。

長い歴史の中には助平魔王もいたらしい。召喚には膨大な魔力と代償が必要だろうに、こんな目的のためにそこまでするものか。逆に感心さえしてしまう。

一方で、それはいかにも魔王らしい使い方ともいえる。恐らくデル様のように他人のために力を使う魔王のほうが稀なのだ。

――そのあとも、知らない名前に交じって『小野妹子《おののいもこ》』や『フランシスコ・ザビエル』といった見覚えのある名前がちらほら出てきた。

そして『ヘル・ヘスティア』備考『卓越した技能を持つ騎士。騎士団を創設するため』というページの次に私が続き、帳簿は終わりだった。

「なかなか衝撃的だったわね……」

ぱたんと帳簿を閉じて天井を見上げる。長時間下を向いていたため首が凝ってしまった。左右にゆっくり首を回してストレッチをする。

とても興味深かったし、1つ疑問が解消した。魔族領と旧王国が併合していることを加味しても、この国はどこかちぐはぐだと思っていたのだ。

トロピカリで最初に持った印象は「中世のヨーロッパ」。でも、暮らすうちに分野ごとの発展具合がまちまちなことに気が付いた。例えば外科的な医学はそこそこ発展しているのに薬学は数百年程度遅れている。水道は整備されているけれどガスはない。——きっとそれは、召喚人がいた分野は発展していて、そうでなかった分野は遅れているということなのだ。

そして帳簿の名前のおよそ3分の1が地球の歴史上の人物だったこと。これは、以前デル様が言っていた「門は並行する異界を繋ぐもの」ということに理由があるのだと思う。つまり、ここに記されている人々は地球を含む並行世界から来た人なのだ。門とは実に壮大な魔術だ。

「……さて、戻りましょうか。もう夜になってしまったわ」

ロシナアムが待ちくたびれているに違いない。山積みにしていた本を丁寧に元の場所へと返却し、図書室を後にした。

4

ブラストマイセスに戻ってから2か月が経過した。

久しぶりの勉強が楽しくて熱が入り、王妃教育は予定より早く修了してしまった。私は隠居老人のような生活を送っていた。

午前中は広大な中庭でスケッチや日向《ひなた》ぼっこをし、昼食後は図書室に向かう。夜はデル様と夕食をとり一緒にベッドに入る。

楽しいのだけれど、しかしどこか物足りない。贅沢《ぜいたく》な悩みを抱えていた矢先に、ロシナアムから嬉しい知らせが入った。

「セーナ様。国立医療研究所が完成したとのことです」

「ついにできたのね！　ねえ、少しでいいから見に行くことはできないかしら⁉」

がばっとロシナアムに詰め寄りぐらぐらと肩を揺らせば、半目になったロシナアムが呆れ顔をする。

「もちろんですわ。セーナ様は所長ですから、芋虫のスケッチに精を出すより見学に行かれたほうがよろしいかと。既に手配はしておりますので」

「やったぁ！　さすがロシナアムね！」

有能な侍女は、私が見学を希望することを見越して諸々《もろもろ》手配済みだった。

そしてなんと、この国の偉い人になっているドクターフラバスも一緒に見学するらしい。デル様は公務が早く終われば合流できるかもしれないとのこと。

ドクターフラバスはお元気かしら？　久しぶりに会えるのが楽しみだわ！

期待に心躍らせながら昼食を済ませ、あらかじめデル様が設置してくれていた魔法陣で研究所に向かう。

研究所は王都のひとつ手前の都市、ロゼアムの郊外に建てられている。当然馬か馬車で毎日通勤するつもりだったけれど、心配性な婚約者は許可してくれなかった。私の部屋と研究所を繋ぐ魔法陣を設置したからそれを使うようにと念を押されている。

私はデル様の魔力を持っているので、魔法陣に触れるだけで起動できる。

まばゆい光に包まれぐにゃりと空間が曲がる。しばし不快な感覚に耐えて目を開けると、ロビーらしき開けた場所にいた。

漂う新築特有の香り。床と壁全体に大理石を惜しみなく使っており、そこかしこがグレーにぴかぴかしている。背の高い観葉植物が置かれている以外に装飾らしい装飾はなく、簡素な空間だ。ひんやりと無機質な感じが研究所らしくて懐かしくなる。

見渡してほうと感嘆の息を漏らしていると、背中から声が掛かった。

「やあセーナ君！　久しぶりだね。まさか君が王妃様になるだなんて驚いたよ。あの陛下がついに婚約したってことで、街は毎日お祭り騒ぎさ」

片手を上げながら近づいてくる赤毛の中年男性。眼鏡越しに見える目の下には相変わらずクマが張り付いている。

「ドクターフラバス！　お久しぶりです！」

嬉しくなって駆け寄り、どちらからともなく握手を交わす。10年が経っているので少し顔つきは変わっているけれど、朗らかな笑顔を浮かべて元気そうだ。

「その節は大変でしたね。でも、お元気そうで何よりです」

「あー、疫病の件はね、本当に大変だったよね。セーナ君がいなくなってから国中で流行り出してさ、冗談じゃなく過労で死ぬかと思ったよ。僕はユニコーンだからそこそこ生命力はあるんだけど、それでも滅茶苦茶《めちゃくちゃ》キツかったよ」

相変わらずちょっとゆるい雰囲気のドクターフラバス。ぽりぽりと頭を掻《か》く姿はとても偉いお医者さんには見えない。そういうところが親近感があっていいのだけれど。

「でも君が王妃で研究所長になるならブラストマイセスも安泰だよ。ああ、ごめん。もうセーナ君じゃなくてセーナ様、あるいは殿下かな？」

彼は茶化すようにぱちりと片目をつむった。

「いえ！　これまで通り呼んでほしいです」

そうお願いすると、彼も「じゃあ遠慮なく」と笑った。

「ここ10年、陛下は以前にも増して孤高の存在って感じだったんだ。それが君が戻ってからは毎日満面の笑みを浮かべているものだから、魔族一同大感激しているよ」

「……孤高、ですか」

「ああ。この10年、陛下が休んでいる姿は誰も見たことないんじゃないかな？　疫病の件で課題が山積みだったうえ、常時の仕事だってある。執務室にはいつだって灯《あか》りがともっていたよ。青白いお顔をしてお痩せになったようだから、僕らが少しは休んでくださいと進言しても、『いや、いい』の一言しか返ってこない。会話らしい会話もした記憶がないな。周りにひとを寄せ付けない空気がビシバシ出てた。多分意図的にそうしていたね、あれは」

彼の言葉に悲壮感はなかったけれど、思わず視線を下げて項垂《うなだ》れる。

「……そうだったんですね……。治療薬を取りに戻るためだったとはいえ、ほんとうにすみませんでした。デル様のみならず皆様にもご心配をおかけしてしまって……」

不在だった10年間のデル様の様子について耳にするのは、これが初めてだった。他者を寄せ付けず、頑《かたく》なに仕事に打ち込むデル様の姿を想像するとひどく胸が痛んだ。

居たたまれない気持ちになった私を知ってか知らずか、ドクターフラバスは明るい調子で続ける。

「ああ、セナマイシンでしょう。本当にありがとうね、我々のためにそこまでしてくれて。治療薬に国民みんな大喜びだよ、これで命が助かるってさ。もちろん僕たち医療者もだよ。治療法があるのとないのでは心持ちが全く違うからね」

疫病の特効薬であるセナマイシンは、私が戻った翌日デル様によって大量に魔法合成され、速やかに各地の病院へ配布されていた。

ちなみに、ドクターフラバスには私の事情を全て共有したとデル様が言っていた。異世界人だということや、冥界からお嫁に連れてきたことなども含まれる。「今後我が国の医療を発展させるためには彼の力が必要で、セーナと連携することも多いだろう。フラバスは信頼できる者だ。悪いようにはならない」という考えからだ。

——色々大変だったけれど、こうしてお礼を言ってもらえると国の役に立てたことを感じられて素直に嬉しい。デル様への申し訳なさを抱えつつも、ドクターフラバスに向き直る。

「薬師として当然のことをしたまでです。ドクターフラバスが私だったとしても、同じ選択をしていたでしょう？」

「うーん。まあ、そうかもね。医療関係者の自己犠牲ぐせは、もう職業病だよね」

共感しかない自虐ネタに、顔を見合わせて思わずぷっと吹き出す。彼とこういう他愛もない話ができることで平和な世の中になったことを実感する。疫病と闘っていたときはピリピリとした緊張感しかなくて、到底世間話ができる雰囲気ではなかったから。

感慨にふけっていると、ロシナアムがパンパンと手を鳴らした。

「おふたりとも感動の再会は終わりましたの？　もうよろしいのでしたらさっそく見学に参りますわよ。今日はプレオープン日として特別に職員食堂も開けましたので、疲れたら休憩もできますからね」

「さすがロシナアム、気が利くわね。行きましょう！」

私たちは心も足取りも軽くロシナアムの先導に続くのであった。


「いや～、思った以上に良い出来栄えだね！」

「同感です。これだけの設備を揃えるのはすごく大変だったでしょう」

お世辞ではなくほんとうに驚いた。

今見学しているのは共有機器室なのだけれど、回転式蒸発装置《ロータリーエバポレーター》や高圧滅菌釜《オートクレーブ》、顕微鏡まであるのだ。ロシナアムいわく、これらの機器は私が棺桶に入れて持ち帰った実験機器図鑑をもとに魔族と人間が協力して製作したものだそう。

例えば器具の滅菌などに使うオートクレーブだと、機器本体は人間の鍛冶職人が製作し、加圧という性能面は魔物の職人が魔術をかけている。両種族が手を取り合っている今のブラストマイセスだからできたことだ。関わってくれた全ての方々に心から感謝の気持ちが湧いてくる。

「国の発展のために、そして陛下の恩人であるセーナ様のためにと、みな力を尽くしたのですわ。製作中のものも多くありますので、これからまだまだ増えますわよ」

ロシナアムが得意げに腕を広げる。

「機器の試運転は済んでいるそうです。実際に使用して不都合な点があれば遠慮なくおっしゃってくださいとのことですわ」

「ありがとう。皆さんが作ってくれた実験器具でたくさんの薬を開発したいわ」

ここを任せてもらえる以上、必ず結果を出して国民の皆さんに還元したい。研究所の稼働がますます楽しみになってきた。

その後も各部署の実験室や屋外の薬草園などを見て回った。

非常に満足した気持ちで見学を終え、私たちは職員食堂で一息つくことにした。1階に戻り、ロビーとは反対方向の廊下を進む。

食堂の前には揃いのエプロンを付けた職員さんが5名並んで待機していた。

「皆さんこんにちは。所長になるセーナといいます。私たちの見学に合わせて出勤してくださったとのこと、ありがとうございます」

「「セーナ様にお会いできて光栄です」」

息の合ったタイミングでお辞儀をするおば様たち。酵母のようにふくよかな体型が食堂という場所にどこかマッチしていて、美味しい料理が食べられそうだという期待が膨らむ。

食堂は木材をふんだんに使ったカントリー風の内装だ。無機質な研究棟に比べると安らぎを感じる空間になっている。

私はドクターフラバスと向かい合って座り、護衛のロシナアムは少し離れた壁際に控える。すぐに適温の紅茶が提供された。

茶葉の芳醇《ほうじゅん》な香りが鼻を抜けていく。さっそくカップを手に取り口を潤した。

「美味しい紅茶ですね。……ときに、ドクターフラバスは今もゾフィーにお勧めなんですか？」

「いいや、ゾフィーは3年前に離れたよ。今は基本王都の中央病院にいるけれど、後進育成のために各地の病院を回ったりもするね」

そう答えてドクターフラバスもティーカップを傾ける。そして、小さく「うん、とても美味しい」と頬を緩ませた。

「ドクターフラバスは経験豊富ですから、ノウハウを共有することは素晴らしいですね」

「この国は豊かだけど、病気がなくなることはないからね。医師の質を上げることが重要だと思っているよ。あとはぜひセーナ君の持つ薬学――漢方の知識を広めたいね。研究もいいけど、そっちの普及も進めてもらえるとすごくありがたい」

「もちろんです。漢方薬はこの国に自生しているもので作れますからね。レシピ集のように処方を纏《まと》めたらわかりやすいでしょうか？」

「そうだね。1冊の本にしてくれると取り回しがしやすくて助かるな。病院の予算で購入して医師たちに配れるし」

「それはいいですね。お城に帰ったらさっそく取り掛かります」

言いながら、運ばれてきた菓子に手を伸ばす。

マドレーヌのようなものに干した果実が入った焼き菓子だ。バニラの香ばしい匂いにつられて大きく一齧《ひとかじ》りする。

——!?

「やあ、美味しそうなお菓子だな。僕も1つもらおう」

「いけません！」

菓子をつまんだドクターフラバスの手を叩《たた》く。

いきなり声を荒らげた私に目を丸くするドクターフラバス。手を伸ばしたままぴたりと動きを止める。

「セーナ様！　どうされました!?」

壁際に控えていたロシナアムが血相を変えて駆け付ける。

「大きな声を出してすみません。——これ、毒が入っています」

木張りの床に転がり落ちた茶色の菓子。

私は舌に残る異常な痺《しび》れを感じながら、それを見下ろした。

5

「毒だって⁉」

「どういうことですの⁉」

唾を飛ばして立ち上がるドクターフラバスに、殺気を露わにして周囲を警戒するロシナアム。和やかな雰囲気が一転して張り詰めた空気に切り替わる。

そんな中、私は手に持った齧りかけの菓子を探るように見つめる。

ここは正式オープン前の研究所。私たちの見学は非公式であるし、来ていることを知る者は多くないはずだ。一体誰が、何の目的で毒を盛ったのだろうか。私かドクターフラバス、あるいはその両方に毒を盛る意図とは……？

焼き菓子から視線を外さないまま口を開く。

「このお菓子を口に含んでからすぐに舌が痺れ、今はとても胃がむかむかしています。毒とみていいでしょう。……ロシナアム、研究所内の捜索をお願い。誰かいたらここに連れてきてくれる？」

「承知しました！　フラバス先生、セーナ様を頼みます」

鋭い目をしたロシナアムが機敏に駆け出して行った。

「ど、毒だって……？　一体誰がこんなことを」

言いながら、手袋を着けて落ちた毒菓子を拾い上げるドクターフラバス。

「薬師という職業上、毒の知識も多少ありますが……現時点では何の毒か判断がつきかねます。けれど、不死の身でもこのような症状が出ていますから、猛毒の可能性が高いかと」

「現状セーナ君が不死身だということは伏せられているから、僕と君どちらが狙いかは分からないね。いやぁ、もし僕が先に食べていたらと思うとぞっとする」

「魔族は菌類には耐性がありますけれど、毒は有効なんですもんね」

ドクターフラバスと初めて会ったとき、そういう会話をしたことを思い出す。魔族は魔力が堤防になっているため他の生命体である菌類は体内に入れない。その一方で、単なる物質である毒は魔族にも有効だ。

「そう。いやぁ、今更どきどきしてきたよ。自分が患者になるのは御免だ」

彼は疲れた様子でどかっと椅子に座った。

「でも、恐らく狙いはセーナ君だろうね。僕が狙われることなんて今までなかったからさ。かたや君は、今や王族と言ってもいい身分だもの」

「……物語の中でしか知りませんが、王族って常に命を狙われているイメージです。政治的なことはまだよくわかりませんが、突然現れた私をよく思わない人はいそうですよね」

「まあ、世論の大多数はセーナ君を好意的に受け止めているけれどね。確かに貴族出身ではないけれど、セナマイシンの功績はそれをカバーしても余りあるものだし。……でも、常に例外や過激派はいるから注意するに越したことはないよ」

眼鏡の奥から真剣な眼差しを向けるドクターフラバス。きゅっと心臓が跳ね上がる。

普段ゆるっとしている人物の真顔とはなぜか凄《すご》みがある。身が引き締まった。

「そうですね。毒ならまだしも、爆弾などを仕掛けられたら無事では済まないと思うので。気を付けます」

そんな話をしているとロシナアムが息を切らせて戻ってきた。肩を上下させつつも、緋《ひ》色《いろ》の瞳を光らせて報告を始める。

「研究所内をくまなく探しましたが誰もおりませんでした。王城の人事局にも確認をとったのですけれど、本日出勤しているのは確かに食堂職員6名のみだそうですわ。また、各所に連絡をして研究所付近の捜査と警備を依頼しました」

……ん？　6名？　その数字に引っ掛かりを覚えた。

確か、食堂に来たときに出迎えてくれた職員さんは5名だった。裏にもう1名いたのかしら？

　厨房にいる職員さんを呼び寄せる。それはやはり5名で、ロシナアムが驚きの声を上げる。

「……っ！　おっしゃる通りですわ、1人不足しております。……けれど、一体どこに？　確かに所内には誰もおりませんでしたけれど」

「心当たりはありますか？」

　水を浴びたように震える職員のおば様たち。

「は、はい。最初は6人いたんですけど、マルコ商店へ買い出しに行ったきり帰ってこない者がいます」

「いやに姿勢がよくてキリッとした感じだったけど、少し気味悪かったねえ。なんでかエプロンを嫌がって、ずっと自前の服を着ていたよ」

「名前は……なんだったべか？　声が小さくてよく聞こえなかったもんで……」

　困り顔で互いの顔を見合わせる。どうやら6人は今日が初対面で、もともと面識があるわけではないらしい。そして件の焼き菓子は行方のわからない職員が担当したものであると判明した。

「うーん、その人は何らかの事情を知っていそうだね」

　腕を組んで唸《うな》るドクターフラバス。

「そうですね。戻ってくればいいんですけど、そうでない可能性も高そうですよね……」

猛毒を含んだ菓子が私とドクターフラバスに提供された。そして行方不明の職員が1人。

現状明らかになっている事実はこれだけだ。ふたり考え込み、部屋に静寂が訪れたそのとき――。

「セーナ、そこまででいい。あとはわたしが取り調べる」

聞き覚えがありすぎる粛とした美声。はっと振り返ると、数メートル先に漆黒の美丈夫が立っていた。

「でっ、デル様っ⁉　いつの間に……！」

騎士団関係の公務があったのか、かっちりと騎士服を着こなしている。金のボタンや飾り紐《ひも》、たくさんの勲章が付いたその衣装はデル様の卓越したスタイルにとてもよく似合っていた。

騎士服姿を見るのは初めてだ。あまりに様になっているので思わず目が惹きつけられてしまう。――のは一瞬だった。

デル様の麗しいお顔は憎悪に歪んでいた。

と、とてつもなく怒っていらっしゃる……っ⁉

彼の身体の周りから、めらめらと立ち昇る殺気が見えたような気がした。

「ロシナアムが念話で知らせてくれた。わたしの婚約者に毒を盛るなど万死に値する。じきじきに冥界へ送ってやろうと思い急いで来た」

こめかみに青筋を立ててコツコツと歩み寄るデル様。脚がとてつもなく長いので数歩で私の隣に並ぶ。

「ま、まだ私と決まったわけでは。ドクターフラバスかもしれないですよ」

「どちらにしろ重大な罪に変わりはない」

「た、確かに」

前々から思っていたけれど、デル様の身内意識は凄《すさ》まじい。

魔族の同胞を巻き込みたくないからと5万の旧王国軍をひとりで相手にしたり、私を誘拐した輩《やから》を爆散させたりと、守るべき対象が害されそうなときの行動はなかなか過激なのだ。「法は犯していない。どうせ死罪なら別にいいだろう」というのが彼の言い分なのだけれど、そういう問題なのかしら……？

デル様は不機嫌極まりない顔をしたまま私の腰を強めに引き寄せ、大きな腕の中に囲い込む。

「セーナはもう城に戻れ。あそこが一番安全だ。ロシナアム、そなたはセーナに付け。フラバスは居残りだ」

安心させるように無理やり口角を上げているけれど、目は全く笑っていない。

「かしこまりました」

「お役に立ってみせましょう」

ロシナアムが胸に手を当てて敬礼し、ドクターフラバスが顔を下に向けて跪く。土妃教育のおかげで、これは人間と魔族それぞれの最高礼をとっているのだと理解できた。

「……わかりました。お城でデル様の帰りをお待ちしてますね」

「ああ。わたしが帰るまでロシナアムの傍《そば》を離れるな」

「はい」

事のゆくえに興味はあるけれど、帰れと言われればそれに従う。余計な首を突っ込んで場を引っ掻き回すようなことはしたくない。ロビーの魔法陣で王城へ帰還した。

「わたくしが毒見をすべきでした。申し訳ございません。いかなる処罰でも受ける所存でございます」

私室に戻るなりロシナアムが深々と頭を下げた。いつもの生意気感はなくしょんぼりしている。責任を感じているようだった。

「なに言ってるの。ロシナアムが食べていたら死んでいたわよ。私は不死身だから毒見は要らないって決めていたでしょう」

「………しかし、やはり」

悔しそうに唇を嚙み、なおも言い募るロシナアム。

「ほら、もう気にしないで。あなたがいてくれないと私はすごく困っちゃうの。命を大切にして、いつまでも元気で傍にいてほしいわ」

そう伝えると、彼女ははっと真っ赤な目を見開いたのち、小さく「過分なお心遣い、痛み入ります」と言って礼をとった。

今回の件は驚いたけれど、それは同時に気の緩みであったともいえる。隠居生活でたるんだ気持ちを引き締めるいい機会だったと捉えたい。

聡明なデル様ならきっとすぐに犯人を見つけるわ。そう楽観視していたのだけれど、その晩彼から告げられたのは意外な事実だった。

6

ベッドでごろつきながら〝漢方調合レシピ集〟を書いていると、ガチャリとドアが開く音がした。この部屋はデル様と私が使う寝室で、互いの私室の間にある部屋だ。したがって入室できる人物はひとりしかいない。

ペンとノートを横にやり急いで起き上がる。振り返ると、やはりそこには麗しい婚約者様の姿があった。帰ってすぐに来てくれたのか昼間の騎士服のままだ。

「セーナ。起きていたか。何事もないな？」

「デル様、お疲れ様でした。はい、ロシナアムがしっかり守ってくれてますので。……お帰りになったということは、一段落ついたのでしょうか？」

ソファに腰を下ろしたデル様は長い脚を雑に組み、短くため息をついた。眉間にしわを寄せており、結果が芳しくなかったことを予感させた。

「すまない、セーナ。犯人は見つかっていない」

「そうですか……」

デル様の隣に移動して、彼の大きな手に自分の手を重ねる。それはすぐさま握り返された。

「人事局に提出されていた身上書をもとに自宅へ騎士を派遣したのだが、その住所は空き地だった。付近の住民に名前を尋ねてみてもそんな人物は知らないと口を揃えていたらしい。つまり、身上書は偽装されたものだったというわけだ」

「偽装！　ますます怪しいですね」

「ああ。現状取れる手段として国境の警備を強化し、食堂職員から聴取した外見の特徴を手掛かりに各地の領主へ捜索依頼を出しているところだ。……ただ、すぐには見つからないかもしれない。我が国は広いし、変装していた可能性もある」

「そうですね。書類を偽装してまで計画的に行われたものだとしたら、逃亡についても策を講じているでしょう。簡単に足がつくとは思えません」

「引き続きあらゆる方法で捜索する。セーナの警護を強化し、フラバスにも護衛をつけるつもりだ。安心させてやれなくてすまない」

眉を下げてこちらを見るデル様。いつもは偉大な存在だと感じるのに、こういう表情をすると途端に子犬のような可愛らしさを感じてしまうから不思議だ。

私は基本不死身なのだから、そんなに心配しなくたっていいのに。むしろ得体の知れない毒を食らうのは不運というより幸運だし……！　場違いににこにこしていたためかデル様は怪訝《けげん》な顔をしたけれど、先があったようで話を続けた。

「それでだ。実は、重要な事実がもうひとつある」

「なんでしょう？」

「菓子に含まれていた毒だ。これが驚くべきことに、かつてわたしが受けた毒矢と同一の毒であった。わたしに大抵の毒は効かないゆえ、試しに少し菓子を食べてみたところ、あのときと全く同じ感覚を覚えたのだ」

「ええっ!?　ほ、ほんとうなんですか」

想像のはるか上を行く、とんでもない発言だった。

110年前の戦争でデル様が受けた毒矢。ほとんどの毒を無効化する魔王たる彼の身体を徐々に蝕み、私と出会うころには体調がひどく不安定だった。どうしてその毒が今になってまた姿を現したのか。

「いや、それより！　ご体調は大丈夫ですか⁉　猛毒ですよ！」

「ああ。口に含んだのはほんの僅かだし、吸収される前に吐き出したから問題ない」

涼しい顔をしているデル様だけれど、心配になってバイタルを確認する。特に異常は見られなかったのでほっと胸を撫で下ろす。

「で、でも。毒矢の射手は遺体で見つかったと以前デル様は教えてくれましたよね。どうして今頃また……」

「実はセーナが元の世界に戻っている間に報告があった。射手に見せかけられた遺体は騎士でも傭兵《ようへい》でもなく、隣国の田舎の農民であったと。ずっと身元を調べさせていたが国内に該当がなく、他国まで調査範囲を広げていたため時間が掛かったのだ」

「つまり本物の射手は生きている……。いや、100年以上経っていますからあり得ませんね。その末裔《まつえい》なり毒の知識を継承する人物が再び行動を起こした、ということでしょうか」

「そう読んでいる。そなたにも伝えている通り、わたしに効く毒はそうない。かなり特殊だ。だから同じ筋の者なのだろう」

「………」

思わず考え込んだ私に、デル様は真剣な眼差しを向ける。

「此度《こたび》の件は単なる暗殺未遂事件ではないのかもしれない。恐らく真の狙いはわたしだ。わたしが大切に思うそなたや臣下を狙っている」

美しい青い瞳にはなんの色も浮かばない。動揺も、恐怖も、当然感じるであろう感情はなにひとつ見て取れないのだ。それはきっと、彼にとって命を狙われるということが感情を超越するほど幾度もあったということ。

「必ずそなたを守る。この身はまだおぼつかぬが、ブラストマイセスの善き臣下と民は命に代えてもそなたを守る」

デル様の体調は、漢方治療によって上向いているとはいえ本調子ではない。日々の公務、そして時折騎士団に交じって軽く剣を振るうことができるくらいだ。魔法の類も消耗するらしく使用を最低限にしている。だからもし自分が力及ばず倒れたとしても、臣下の皆さんが守るということを彼は言いたいのだ。

後ろ盾のない私に対する配慮なのは間違いなかった。

……でも、そんな悲しい決意は聞きたくない。彼の手をぎゅっと握り青い瞳を見返す。

「デル様。お気持ちはありがたいですけど、私を誰だとお思いですか？　不老不死の薬師ですよ」

片手でぽんと胸を叩くと彼は目を瞬《まばた》かせた。

「守っていただかなくとも死にませんし、少々怪我をしたって自分で対処できます。ええと、つまりなにが言いたいかというと」

一息置いてはっきりと口にする。

「私はいつだってデル様と共にあります。危難があろうとも、ご迷惑にならない範囲で一緒に戦いたいです。あなただけを危険で孤独な目に遭わせるわけがありません。それに、死ぬときは一緒だと約束したじゃないですか。もうお忘れになったんですか？」

デル様がはっと息を呑む。そして、驚きの色は次第に隠し切れない歓喜の色へと変化した。

彼はしみじみと呟いた。

「ありがとうセーナ。そなたの考え方にわたしはいつも救われている」

穏やかに微笑《ほほえ》んだのち、表情を改めてこう言った。

「いずれにしろ早急に犯人を捕まえたい。わたしたちの安全のため、そして一連の事件の解明のために」

「そうですね。やれることはやっているのですから、続報を待ちましょう」

話の終了と共にふっと場の緊張が緩む。おでこにひとつ口付けが落ちてきて、そのまま大きな腕の中に抱き込まれる。

彼の胸にそっと頰を寄せれば、じんわりと温かくて居心地のいい空間に自然と瞼が落ちる。ああ、なんだか急に眠くなってきた。

腕の中で大人しく丸まった私の頭に、くすりと楽しげな声が落ちてくる。

「今日は疲れただろう、もう寝よう。わたしも着替えてすぐ来るから」

「そうします。……デル様、いつもほんとうにありがとうございます。あなたが色々と配慮してくださるおかげで私は日々楽しく過ごせています。研究所も見事な仕上がりでした」

もぞもぞと身体を動かし、手を伸ばしてデル様の琥珀の双頂を撫でる。

びくりと彼の身体が揺れ、一気に角が真っ赤になる。

「こ、こらセーナ。寝るんじゃなかったのか？」

デル様は角が敏感だ。手を口元に当てて恨めしそうに私をねめつける。

「すみません、つい。私はデル様のお角が好きなんです。つるつるして大きくて、とても綺麗なので触りたくなります」

「それは嬉しいが、むやみに触られると身が持たない」

角だけでなく顔まで真っ赤に染まるデル様。その様子を見て私は温かくてくすぐったい気持ちになる。しかし、同時に仄暗《ほのぐら》い感情も湧き出てくるのだ。

彼の角が敏感であることはトロピカリ時代から認知していた。最も敏感な部分がむき出しになっている魔王の身体構造は大丈夫なんだろうか。人間であれば大事な部分は臓器として身体の内部にあったり、表面にあるのなら毛が生えたりすることで保護されている。だけどデル様の角は丸腰の状態で頭上に輝いているのだ。

うっかり木の枝が触れたら？　虫がとまったら？　そのたびに反応してしまったら困るんじゃないだろうか。私は眼福だけど、一方で他の女性にその姿や表情を見られる場面を想像するとどうにも気分がよくない。

……これが嫉妬というものなのかしら？　自分の心の狭さにがっかりする。

だから、裁縫は苦手だけど近いうちに角カバーでも作ろうと思っている。

彼は私をベッドに運び、優しく毛布をかけてくれた。心のこもった動作に全身の力が抜けていく。毒を盛られるなんて初めてだったから、案外疲れていたのかもしれない。

肌触りのよい毛布を鼻の下まで引き上げて彼を見上げる。

「おやすみなさい、デル様」

「ああ、おやすみ。セーナ」

さらりと頭を撫でてデル様は優しく微笑んだ。

愛されている、という幸福感。守られている、という安心感。ブラストマイセスに戻ってきてからの日々は、心身共にかつてないほど満たされている。彼と出会えて、隣にいることができて、私はほんとうに幸せ者だ。

デル様はいつどんなときでも私を大切にしてくれる。言葉だけでなく、行動からもその誠実な気持ちが伝わってくる。

だからこそ私も彼を全力で支え守り、たくさん笑顔にしたいと思うのだ。

7

寒い季節は終わりを迎え、ブラストマイセスは陽春真《ま》っ只中《ただなか》。王城の庭には蒲公英《たんぽぽ》や桜草が可愛らしい花を咲かせる。ぽかぽかと暖かい日が続き気分は上々だ。

動きやすい薄手のワンピースに長袖の上着を羽織り、自室に設置された魔法陣の上に乗る。ぐにゃりと視界が歪み、魔法陣が私を研究所へと転移させ始める。

——毒菓子事件は半ば迷宮入りしかけていた。

デル様と騎士団の皆さんが調査を続けているけれど、王都周辺で物騒な事件が立て続いており、そちらの対応が忙しく手が足りないとぼやいていた。魔王家御用達の鍛冶職人が絞殺されてから、同様の事件が続いているそうなのだ。

毒菓子事件に、連続殺害事件。王都の治安やデル様の心労が気掛かりだ。私もなにかお手伝いできますかと尋ねたけれど、現状できることはないらしい。

そういうわけで私は本来の仕事——医療研究所での新薬開発に打ち込むことにした。こちらで成果を上げることも国のためになる。

真新しい所長室に到着すると手提げ鞄《かばん》を戸棚にしまう。鏡の前で口に髪紐をくわえ、手早く髪をひとつにまとめる。

実験に取り組むにあたって華美な装いは必要ない。そのためロシナアムによる身支度は断り、自分で身なりを整えることにしている。

壁に掛かった白衣を羽織り、スケジュール帳に目を走らせる。

所長室から続き部屋になっている実験室に移動すると、既に助手が出勤していた。

丸椅子に乗るふくよかなシルエット。もぐもぐと動く横頬はいつものジャーキーを頬張っているのだろう。

「おはようございます、サルシナさん。すみません。待ちましたか？」

「ああセーナ。おはよう。さっき来たところだよ」

こちらを振り返り、金色の瞳が私を認めて穏やかに細められる。

「それにしても、サルシナさんが副所長兼助手だなんていまだに不思議な気分です」

「そりゃあこっちの台詞だよ！　トロピカリでちょっと薬草を売ってただけなのに、知識を生かしてセーナの助手をしないかって陛下が連絡してきてね。びっくりしたさ」

両手を肩のあたりで広げておどけてみせるサルシナさん。

トロピカリに住んでいたときに卸売りのお得意さんだった彼女は、言うなればプラストマイセスでの母といった存在だ。困ったことはないか、ちゃんと食べているか、仕事以外の面を気にしてくれた数少ないひとだ。

そのことを知ったデル様が、副所長という肩書で彼女を私の助手に登用してくれた。助手のほかにも研究所での護衛を兼任しているらしい。どうやらサルシナさんは魔族のなかでも位が高く信頼できる存在で、護衛としても強いのだとか。というか、私はサルシナさんが魔族だったという事実にまず仰天したのだけれど……。

「急な話で困ったかもしれないですけど、私はすごく嬉しいです。またサルシナさんと仕事ができるなんて思ってもみなかったですから。ここで一緒に漢方薬を普及させ、新薬開発に取り組めるなんて夢のようです」

「はあ、あんたは相変わらずの人たらしだねぇ。あたしもトロピカリより刺激の多い毎日で楽しいよ。何より幸せそうなあんたらは見ていて飽きないからね？」

ニヤッとして意味ありげな視線を送るサルシナさん。男女の機微に疎い私だけど、さすがに彼女の言わんとすることを察知した。

「もう！　恥ずかしいです……」

恋愛関係でからかわれることには慣れていない。あははと豪快に笑うサルシナさんを冗談交じりで睨《にら》み、顔を赤くすることしかできなかった。

「それで、今日は何の実験をするんだい？」

「狭心症薬を進めましょうか」

医療研究所の薬品開発業務。記念すべき第一陣は狭心症薬と便秘薬を選んだ。

便秘薬は「ヒマシ油」といい、唐胡麻《とうごま》の種子を圧搾して作ることができる。日本では医薬品として流通しており、ここブラストマイセスでも広く大衆に使用してもらえる見込みだ。

狭心症薬のほうはいわばチャレンジ枠だ。ハーバーボッシュ法とオストワルト法という化学的手法を構築し、そこから狭心症薬となる「ニトログリセリン」を作る。

ハーバーボッシュ法、オストワルト法は簡単に言うと窒素化合物を得る手法で、工業・農業的にも大きな意味を持つ。例えば窒素を含む肥料は農作物の収穫量を増加させるので、国民の豊かな食生活に直結する。他にも広く応用が可能なので、ブラストマイセスの発展に必ず役立つと考えて研究に踏み切った。

「さあ、始めましょうか」

白衣の袖をまくり上げる。サルシナさんもしっかりと頷いた。

「――ふたりでやると早いですね。しばらく反応待ちなので休憩にしましょう」

実験台に並んだ酒精ランプやシリンダーを片付け終わり、サルシナさんに声を掛ける。

「はいよ。はぁ、慣れないことは肩が凝るねぇ」

実験台にもたれかかり脱力するサルシナさん。洗い場に溜《た》まった大量のビーカーやフラスコをぼんやりと見つめている。相当疲れたようだ。

「所長室にお茶とお菓子がありますから、一息入れましょうか」

「ああ、ごめんよ。本当ならあたしがやるべきなのに」

「気にしないでください。私はただのセーナですから」

ぐったりしているサルシナさんの手を引いて椅子から立ち上がらせる。柔らかい手は温かく少しだけ湿っていた。

白衣を脱いで所長室へ移動し、簡易お茶セットを準備する。

犬の絵が描かれたマグカップにハーブティーを注ぎ、一匙《さじ》の水飴《みずあめ》を混ぜ入れる。疲労回復には適度な糖分がいい。

「はい、ペパーミントティーです。メントールの香りで気分がすっきりしますよ」

「ありがとう。――うん、いいね。甘みが身体に染み渡るようだよ」

「よかったです！　クッキーもどうぞ。あ、ジャーキーがいいですか？」

「ジャーキーをもらっていいかい？　すまないね」

ジャーキーという単語を耳にした途端、サルシナさんの表情がぱあっと明るくなる。彼女のお茶受け用にと、私のデスクにはスイニーのジャーキー、干しささみ肉などが常備されている。

用意を終えると自分も着席してペパーミントティーに口をつける。すうっと爽快な香りが鼻を抜けていき、水飴の甘さが舌を喜ばせる。

「――サルシナさんとゆっくりお茶を飲めるようになったことも嬉しいです」

トロピカリ時代、サルシナさんの店に薬草を卸しに行くとお茶を出してくれた。けれども、私は町外れに住んでいたためゆっくり飲んでいくことはできなかったのだ。付き合いは長いけれど、実はお互いそこまで深く知っているわけではない。

「昔はあんたもあたしも各々商売があったからね。まあ、あたしゃ陛下からセーナの話は色々聞いてたから、あんたのことはよく知っているつもりだけど」

含み笑いを浮かべるサルシナさん。

「なっ……!?」

一体なにを話したのだろうか。というかデル様とサルシナさんは仲良しなのね……!? 他人に気を許さず抱え込みがちなデル様にしては珍しいことだと思った。

「あはは、ごめんごめん。別に変な話じゃないよ。あたしは陛下が幼少のころに護衛をしていたんだ。だから色々相談というか、折に触れてお話を伺うことがあるってことさ」

「デル様の護衛をしていたんですか！　初耳です。……ねえサルシナさん、デル様ってどんな子供だったんですか？」

普段のデル様は冷静沈着、一視同仁。強靭《きょうじん》な精神力と忍耐力をもって淡々とやるべきことをこなし、身分や種族関係なしに全ての国民を等しく大切にしている。そのように完璧な魔王様の子供時代がどのようなものだったのか、とても興味がある。

私が目を輝かせると、サルシナさんはふっと笑った。

「そうさね、あんたは知っておいたほうがいいだろうね。次期王妃で陛下を支えられる唯一なんだから。……まだ時間はあるんだったね？」

「はい、あと1時間くらい待ちです」

「じゃあその間に教えてあげようかね」

そう言ってサルシナさんは話し始めた。

「陛下はね、一言で言うと天才だった。魔力量も剣の腕も、どれをとっても歴代随一。そりゃあ素晴らしかった。だけど才能に甘えず更に上を目指して努力する子供だった」

「デル様はそのころから高い志をお持ちだったんですね」

「ああ。子供らしく悪戯をしたりわがままを言ったりすることもあったけど、素直で優しい子だったよ。……でも、家族の縁には恵まれなかったね」

「と言いますと？」

そういえばデル様の家族の話は聞いたことがない。王妃教育の中で歴代魔王の名前とざっくりとした功績を習ったくらいで、私的なエピソードは知らない。

サルシナさんはひとつ声のトーンを落とした。

「陛下の家族は短命だったんだ。父上にあたる先代の魔王陛下、トリコイデス様は若いうちに亡くなっている。トリコイデス様の死に絶望した奥様は食事が取れなくなり衰弱してしまって。後を追うように亡くなったんだよ。きょうだいのいない陛下は幼少期に家族をみんな失ったのさ」

「そ、そんな……！」

驚きと戸惑いで、きゅっと胸が締め付けられた。

お母さんが乳がんになったとき私は中学生だったけれど、それでも心がばらばらになりそうなくらい辛かった。もっと小さいうちに一家が全員死んでしまうということの心細さや喪失感は想像を絶するものがある。私の過去をデル様に話したとき、彼はどんな気持ちで聞いていたのだろうか。

「魔族ってのは人間に比べたら長生きだからさ。家族全員いなくなるっていうのは稀なんだよ。親がいなくとも、きょうだいがいる場合も多いしね。陛下は泣き言一つ言わなかったけど、心の中では寂しかったんじゃないかと思う」

「……おじい様やおばあ様はいなかったんでしょうか？」

「魔王という座は死をもって代替わりするから、おじい様は当然いないね。おばあ様は長生きなさったけど、陛下が生まれたころに寿命で亡くなったよ」

「…………」

「もちろんあたしら魔族の部下が全力でお支えしたさ。でも、魔王という立場は陛下にしか務まらないだろ。ひとに言えないこと、頼れないこと、色々あったんだろう。陛下はなまじ優秀だったから、自分ひとりでやるほうが気楽だったのかもしれない。いつしか全てを抱え込み、孤高の存在になっていったんだ」

「確か先の戦争は、魔族の皆さんを巻き込まないためにおひとりで戦ったとか……」

「そうさ！ あんな戦い、陛下が最前線に出なくてもあたしたちだけで対応できたんだ。責任感が強すぎたんだよ。でも、陛下の想いも分かるから悔しいんだ。あたしらのことを家族のように大切にしてくださっているから、誰ひとり失いたくなかったんだろうってね」

顔をしかめるサルシナさん。デル様への恨み節のようにも聞こえるそれは、どこか懺《ざん》悔《げ》のようにも聞こえた。

「結果的に陛下は毒矢を受けちまって、毒はじわじわとお身体を侵していった。我慢強い陛下だから最初は何でもないふりをしていたけれど、不調が表情に出ることが増えていった。陛下はこれまで以上にご自分に厳しく執務にあたるようになったさ。半ば自棄になっているようにも見えたね。ご自分の命などどうでもいいとお考えになっているようだった」

私は当時のデル様を知らないけれど、その姿は容易に想像することができた。

「国の統制も大切なことだけど、陛下自身の幸せだってあたしらは同じくらい重要だと思ってる。どうにか解毒できないかって、国内外に散らばって優秀な医師や薬師を探したり、嫁さん候補を考えたりしていたのさ」

聞けば聞くほど心が痛む話だった。デル様はままならない身体に大きな責任と義務感を背負って生きてきたのだ。

「サルシナさんがトロピカリで薬店をしていたのも、そういう理由だったんですか？」

「ああ。そしたらセーナ、あんたが現れたってわけさ。取引で関わるうちに腕も確かだし、人柄も信頼できるって確信した。すぐに陛下に連絡したよ。今度来るときにセーナのところに寄ったらどうですかってね」

「えっ。じゃあ、デル様がうちで倒れていたのって……？」

「倒れるつもりではなかったようだけどね」

得意げな表情をするサルシナさん。まさか彼女が仲人だったなんて！

仕事の途中で体調を崩して行き倒れたのだと思っていたけれど、どうやらもともと私を訪ねてきていたらしい。そんなことデル様は一言も言ってなかったけれど、もしかして薬師としての腕や人柄を試されていたのかしら？

いくつもの偶然と必然が重なってデル様と出会い、こうして共にいることができている。奇跡のようだと思った。

「ま、とにかく陛下を頼むよ。国のことはあたしたち部下でも頑張れるけど、陛下を支えて癒《いや》すのはセーナしかできないからさ」

笑顔を一転させ、真面目な表情で軽く頭を下げるサルシナさん。身が引き締まる思いだ。

「はい。精一杯頑張ります。デル様が心安らげる家族になりますね」

しっかりと頷けば、サルシナさんは応援するように肩を叩いてくれた。

8

ある日のこと。楽しく仕事を終えてお城に帰ると、話があるとデル様に呼び出された。改まってどうしたのだろう。わざわざ執務室に呼ばれることなど初めてなので、真面目な話かしらと緊張しながら応接ソファに腰かける。

対面のデル様は硬い表情だ。

「魔族領で大量殺害事件が起こった。救援に入った1小隊も全滅だ」

「ええっ⁉」

大量殺害事件？　1小隊が全滅？　とんでもない話に耳を疑う。

「代々魔王家に仕える高位魔族が狙われた。また、壊滅した第3騎士団の小隊は彼《か》の地を警護している精鋭だ。……通常ではあり得ない甚大な被害だ」

デル様は努めて冷静に話を進めているけれど、隠し切れない怒気と殺気が全身から漏れ出している。

「ほとんどは刺し傷が致命傷となっていたが、中には首を絞められ殺された者もいた。実は、その縄の結び目というのが王都連続殺害事件と同様のものだった。特殊な結び目だと、そなたにも話していた件だ。よって、一連の事件は全て同じ人物による犯行とみている」

「……っ」

あまりの衝撃に言葉が出てこない。

そんな私を気遣ってか、デル様は対面から私の隣に移動し、背を撫でるように動かした。

「大丈夫か？　すまないな。そなたには少し刺激の強い話かもしれない」

「へ、平気です。驚きましたけど、問題ありません。先をお願いします」

デル様がわざわざ話してくれているのだから受け止めたい。これは単なる事件の報告ではなく、もっと重要な意味合いを含んだものだと直感していた。心臓はドキドキと高鳴っているものの気分が悪いということはない。

彼は私の背を撫でながら口を開く。

「セーナは知っているか？　魔物を殺すためにはどうしたらよいか」

「い、いいえ。知りません」

動揺のあまりそう答えてしまったけれど、毒は魔族にも有効なんだったわとすぐに思い出した。

「魔物が命を落とす要因として、寿命の他には魔物同士の争いや毒殺といったものがある。つまり何が言いたいかというと、人間が用いる通常の武器攻撃では大した傷を与えられないのだ。殺せないわけではないが、時間が掛かる。魔物を確実に倒すためには魔剣という伝説上の武器が必要になる」

「…………！」

デル様の言わんとすることを理解した。つまり、魔族の大量殺害事件は起こり得ないということだ。魔剣というものを使わない限り。

「犯人は、魔剣を所持しているということですね」

「そうだ」

デル様は神妙な顔をして頷く。

「伝説上の剣と言ったが、実のところわたしは10年前に目にしている。旧王国の第1王子ロイゼが持っていたのだ。とはいえ彼自身の持ち物ではなく、彼の裏にいる人物から授けられたというようなことを言っていた」

「ロイゼさんが……。その魔剣は今どちらにあるのでしょう」

「ロイゼの断罪後行方が分からなくなった。しかし、当時現場から立ち去る不審な者をサルシナが目撃している。その者が持ち去った可能性がある」

いずれにせよ、とデル様が続ける。

「此度と同一の剣なのだろう。遺体の切り傷の具合から、ロイゼが所持していた魔剣の刃角と相違ない」

「つまり、一連の事件は繋がっているとお思いなのですね」

「ああ。そしてここからはあくまでわたしの推測だが。魔剣の持ち主は、かつてわたしに毒矢を射《い》った者の一味ではないかと考えている。それはつまり、そなたに毒菓子を盛った者でもある」

ひゅっと喉が鳴る。まさか、そんなことが。デル様は淡々と続ける。

「高位魔族を魔剣で斬り殺し、精鋭の騎士1小隊を壊滅させるなど並みの人物には不可能だ。わたしに毒矢を射った者は常人をはるかに超える射程を持っていたし、それを継承する者のように思えて仕方がない」

全身が総毛立つような感覚。底の見えない恐怖に軽く眩暈《めまい》を覚える。

「繰り返すがこれは推測だ。証拠があるわけではない」

デル様は私を気遣ってくれるけれど、彼の口ぶりには確信のようなものが感じられた。

彼の中で結論は出ているのだと捉えるのが正解だ。

「ここ数か月——そなたが戻ってきてから犯人の動きは加速している。あちらの狙いはわたしだ。現に古くから懇意にしていた職人や、魔王家と関係の深い高位魔族が被害に遭っている。挑発しているのか分からぬが、そなたが再び狙われるのも時間の問題だ」

「……策を立てたい、そういうことですね」

からからになった口を動かして、やっとの思いで尋ねる。デル様は肯定した。

「ああ。魔剣を所持し、類まれなる強さを備え、他者を殺すことを一切厭《いと》わない残忍性がある。一筋縄ではいかないだろう。そなたの知恵を貸してはくれないか」

敵は手ごわい。100年以上前からデル様を狙い続け、関係する者をじわじわと手にかけている。まるで蛇か悪魔のようだと思う。

陰鬱な気持ちになる一方で、デル様が私を頼ってくれたことに一点の喜びを感じた。いつもだったらひとりで解決しようとするだろうに。彼はきっと、先日伝えた「一緒に戦いたい」という私の気持ちを尊重してくれているのだ。

そう気が付いた途端、負の感情が強い決意に塗り替わるのを感じた。

「……わかりました。策を考えましょう。これ以上の犠牲を出さず、平和なブラストマイセスを取り戻すために」

犯人はどのような人物なのか、そしてなぜデル様をこんなにも激しく憎むのか。

ブラストマイセスに影を落とす混沌とした闇。私はデル様と共に立ち向かうことを決心した。

第九章　迫る闇

1

6月も終わりの夏の日。気の早い蜩《ひぐらし》がカナカナと高い声で鳴く。

今日の仕事は休み。私は私室でうきうきしていた。

実は、もうすぐデル様の誕生日なのだ。どういうお祝いをしようかプランを練っているところである。

ロシナアムとサルシナさんによると、デル様の意向で例年特に行事は催していないとのこと。祝賀の類は税金を使うことになるし、自分のためになにかされると落ち着かないからだそうだ。実に慎み深い魔王様だ。

とはいえ、恋人としては彼に特別なひとときを過ごしてもらいたい。

「うーん……。とりあえずケーキとご馳走は用意するとして、問題はプレゼントをどうするかよね」

ふと換気のために開いた窓の外に目をやれば、晴れていた空はどんよりとして今にも雨が降り出しそう。日本と同様に、この時期のブラストマイセスは雨天が多く梅雨のような気候だ。窓を閉めようと席を立つと、地上を闊歩するハンシニーさんとそれを追いかけるクロードの姿が目に入った。

「またやっているわ、あのふたり」

トロピカリで雑貨屋を営んでいた遊び人クロードは、この10年の間になんと外務大臣に大出世していた。なんでも観光で王都に来た際に、お城の門番をしていたハンシニーさんに一目惚《ひとめぼ》れをし、そのまま王都に居ついてしまったらしい。

反応は芳しくないらしいのだけれど、クロードはこうして毎日アタックをかけ続けている。軽薄な人物だと思っていたことを謝りたい。雑貨屋を手放して官吏試験に合格し、外務大臣にまで上り詰め、一途《いちず》にアタックを続けている姿は健気の一言だ。彼女に認めてもらうために血の滲むような努力をしたに違いない。

「あっ。ビンタされたわ」

小さく乾いた音がここまで聞こえた。腕を組むハンシニーさんと、頬を押さえて膝をつくクロードが見える。

しかし、クロードはすぐに立ち上がりハンシニーさんに迫る。ぎょっとした様子のハンシニーさんは慌てて駆け出した。

「ふふっ。いつか上手くいくといいわね」

窓を閉め、机に戻る。

「さてと。デル様のお祝いを考えないとね。……315回目の誕生日ねぇ。今更あまり嬉しさはないかもしれないけれど、私は初めてお祝いするんだもの。サプライズをして記憶に残る日にしたいわ！」

　ペンを指でくるくる回しながら、どうしたものかと考える。

　魔王様ともなれば一通りのものはもらっていそうだし、驚きはなさそうだ。ここは私にしか作れないもので攻めるのがよいのではないだろうか。

　私特有の知識といえば薬学なので、そういう方向性でいくことに決める。

「……デル様は毎日執務で疲れているだろうから、滋養強壮にいいものは必要ね」

　手元の紙に〝イカリソウのケーキ〟とメモする。

「あとはリラックスもしてほしいわね。アロマでも作ってみようかしら？」

　続けて〝シベットのアロマ〟と記入する。

　ご馳走も疲労回復、精がつくようなものを中心にしたい。お城の料理長と相談して薬膳を取り入れたメニューを考えることにしよう。

「ねえロシナアム。ちょっとお願いがあるのだけど」

　部屋の隅に控えているロシナアムを呼ぶ。優秀な侍女はすぐにこちらへやってきた。

「デル様のお誕生日祝いなんだけど。ケーキとアロマを手作りすることにしたわ」

「セーナ様自らお作りになるのですか。陛下はとてもお喜びになるでしょうね」

「ふふ、そうだといいのだけれど。色々考えて、やっぱり私にしかできない方法でお祝いしたいと思ったのよ。それで、いくつか特殊な材料が必要なの。悪いんだけど、この紙に書いてあるものが手配可能か調べてもらえないかしら」

メモした紙をロシナアムに渡す。ざっと目を走らせたロシナアムが確認のために読み上げる。

「イカリソウと……シベットですわね。聞き慣れないものですけれど、国内どこかにはあると思いますわ。なくても輸入で対応可能かと」

「どうもありがとう！　じゃあ、頼んだわよ」

ふふふ。デル様は喜んでくれるかしら。ここ最近は明るいニュースがないので、少しでも彼を喜ばせることができたらいいなと思った。

◇

その晩主人が健やかな眠りについたあと。侍女ロシナアムは古い書物を前に頭を抱えていた。

昼間セーナに言いつかった2つの素材。手配のために詳しく調べてみたところ、とんでもない代物だったからだ。
・イカリソウ（淫羊藿《いんようかく》）
――滋養強壮、催淫に使用される植物で、名の由来は雄の羊がこれを食べると一日に

100回交合するという言い伝えによるもの。

（いや、セーナ様は純粋に陛下のお身体を想ってらっしゃるのは分かりますけれど！　色々とどうなっても知らないですわよ⁉）
・シベット
――雄の麝香猫《じゃこうねこ》の生殖器の近くにある、麝香腺分泌物を乾燥したもの。酒精などで溶かして薄めると甘美な香りを放つため、香料としても知られる。

（出所を知ってしまったら到底リラックスなんてできない気がしますけれど⁉　寛容な陛下もこれはギリギリアウトな気がしますわっ！）

はぁぁ……と深いため息をつくロシナアム。

これは絶対に陛下にばれてはいけない。国家1級の極秘情報として関係者に箝口令《かんこうれい》を敷く案件だ。

（けれど、さすがセーナ様というところですわ。あの陛下が夢中になるのはこういうところですの？）

ロシナアムの主人、魔王の婚約者セーナ。見た目は清楚《せいそ》で大人しい印象なのに、中身はただの変人だ。その一方でこうと決めたときの意志は強く、肝の据わったところもある。

一介の侍女であるロシナアムのことも大切に扱い、感謝や労《いたわ》りの言葉をかけてくれる。

（本当に不思議なお方ですわ。王妃様というものは矜持《きょうじ》の高いお方。絶対に癇《かん》に障らぬようにと教えられてきましたのに）

歴代王妃は気位が高く傲慢であった。旧王国でも魔族領でもそれは共通していたという。だからこそロシナアム自身も主人にふさわしい侍女兼護衛になれるよう、ファントムアーク侯爵家から厳しい躾《しつけ》を受けて育ってきた。

どれほど権高な人物かと不安がなかったわけではない。だから、初めて対面したときは拍子抜けしてしまった。このような〝普通〟の人間が主人になるのかと。混乱のあまりなぜか自分が高慢な態度をとってしまい、引っ込めるタイミングを失った。以降「ツンデレ」なる侍女として取り扱われている。

予想していた主人とはかなりかけ離れているし、本来の自分とはやや異なるキャラクターで認知されてしまったロシナアム。しかし彼女はセーナのことを好ましく思っていた。魔王デルマティティディスのサポートに、日々の研究所での仕事に、いつも一生懸命な彼女が王妃ならば国の未来は明るいと確信を持ったから。

侍女兼護衛として命を懸けるに値する主人だ。なんだかんだ、このような賢妃に仕えられる自分は幸運だと思っている。

「……まあ、とにかく探しましょう。陛下のご反応が楽しみですわね」

主人とその婚約者の微笑ましいやりとりを想像して、ロシナアムはくすくすと笑いながら資料室を後にした。

2

セーナがブラストマイセスに戻ってきてから、毎日が楽しくて仕方がない。

夜眠りに落ちるその瞬間も一緒だし、朝起きれば隣で愛らしい寝息を立てている。少しでも長く彼女の顔を見ていたくてわたしは一段と早起きになった。

彼女の薬のおかげで名を失ったことによる不調も改善してきている。元通りとまではいかないまでも吐血することはなくなったし、倦怠感もごく軽度。騎士団長と数分であれば手合わせができるくらいには動けるようになってきている。

会議中もふと彼女のことを思い出してしまい、手が止まっていると外務大臣のクロードに怒られる始末だ。

この10年でブラストマイセスは大きく変化した。その最たるものは、何といっても魔族と人間の隔たりがなくなったことだろう。疫病という共通の敵に対して一致団結したことが大きかった。今や魔族と商売を立ち上げたり、生活を共にする人間も珍しくない。

国はひとつになり、セーナも帰ってきた。生涯こんなこともあるのだなと思わずにはいられない。役目をこなして死ぬと思っていたのに、今日も明日も幸せが約束されているのだから。

ちらりと時計を見ると、18時を指していた。

「本日はここまでとする。クロード、条約の件は頼んだぞ」

「お任せあれ。さーて帰るかぁ。今日はようやく取り付けたデートなんでね。止めても無駄ですからね！」

「よかったな。さっさと帰れ」

クロードは机上の書類をかき集めて素早く鞄に戻す。デートというのは王城の門番を務めるメドゥーサとのことで、彼が官吏になるきっかけになった魔物でもある。メドゥーサはなかなか頷かなかったらしいが、どうやら根負けしたらしい。

なぜわたしがこんなに他人の事情に詳しいかというと、クロードから耳にたこができるほど聞かされているからだ。なぜか彼は己の恋路を逐一わたしに報告する。

クロードは小躍りしながら会議室を出ていった。

さあ、わたしも早く部屋に戻ってセーナの顔が見たい。急ぎ足で私室に戻る。

「ただいま」

――――パンッ!!

部屋に入ると同時に小さな破裂音がした。細かい紙切れのようなものが舞い落ちる。

襲撃か!?

身構えて素早く周囲に目を走らせるが——どうもそうではないようだ。

壁には紙製の花が飾られ、赤白の垂れ幕が伸びている。襲撃とは180度正反対のおめでたそうな雰囲気だが、これは一体……？

「デル様、お誕生日おめでとうございま～す!!」

扉の横には満面の笑みのセーナ。手には筒を持っていて、細かい紙切れはそこから出たようだった。

……ああ、そういうことか。そういえば今日だったたか。わたしは状況を理解した。

彼女はとことこと駆け寄ってきてぎゅっと抱きつき、ふわりとした笑顔でわたしを見上げた。鳶色《とびいろ》の瞳がきらきらと水面のように光っていて思わず視線を奪われる。

「……デル様？」

「ああ、すまない。すっかり失念していた。此度からはセーナがいるのだな。祝ってくれてありがとう」

自分の誕生日なんて特に価値を感じていないし、正直なところ今日で何歳になったのかも把握していないくらいなのだ。

「デル様は派手にお祝いされるのはお好きではないと聞きました。なので、ふたりでささやかにお祝いというのはいかがでしょうか？」

「セーナがしてくれるのか？　それは嬉しいな」

彼女の巻き毛に付いた紙切れをつまみ取りながら答える。この髪の色も好きなのだ。わたしと同じ色彩だから。

「デル様は高貴な生まれですから、一通りのもてなしは受けていると思いまして。私にしかできないようなお祝いを考えました。気に入ってもらえるといいのですが」

終始にこにこしているセーナ。彼女に手を引かれて部屋の中央へ進む。

いつも食事を共にしている机には見慣れない献立が並んでいた。香ばしい匂いが食欲を刺激する。

「随分と頑張ってくれたようだな。どれも美味しそうだ」

「はい！　料理長と一緒に腕によりをかけました。デル様の疲れを癒してリラックスしてもらうのが今日のテーマです。さあさあ冷めないうちに食べましょう」

料理からは湯気が立っていて出来たてのようだ。わたしの帰る時間に合わせて用意してくれたのかと思うと頬が緩む。

「ありがとう。そなたが作ってくれたと思うと目移りしてしまう」

セーナが少しずつ料理を皿に盛ってくれた。色とりどりの料理の中で、最初に目を引いた大きな肉の塊にフォークを刺す。

――――!?

これはどういうことだ？　咀嚼《そしゃく》した途端、冷や汗がぶわりと背に浮かぶ。

この肉は有名なものだ。——とある用途にしか使わないものとして。

端的に言えば、男たちが夜の力を付けるときに食する肉だ。そういう料理を提供する店は男性専用だし、路地裏でひっそりと営業している。和やかな誕生日の夕食に並ぶようなものでは断じてない。

というか、セーナもそれは知っているはずではないのか？　城の池で偶然それを発見したとき「すっぽんがいますよ！」と興奮して報告してくれた覚えがある。彼女は賢いから名前を知っているのなら用途も心得ているはずだ。

ああ、もしかして！　わたしは正解に行き当たる。

セーナは夜に不満を抱えているということか。わたしとしたことが。セーナは優しく貞淑だからはっきりと言えないのだ。だからこうして暗に伝えようとしているのだな……？

言われてみれば肉の隣に盛られている貝。確かこれもそういう食材だった覚えがある。ああ、このサラダの野菜もクロードが「持久力にいいんですよ」と言っていたものだ——。

「デル様どうしましたか？　頭を抱えておられますが、お口に合わなかったですか？」

悲痛な面持ちを受けて我に返る。いけない、つい心を乱してしまった。

「い、いや、そうではないんだ。少し感極まったというかだな」

「なんだ、よかった！　デル様には元気でいてほしいので、もりもりたくさん食べてくださいね」

安心したように、にっこりと笑うセーナ。その笑顔が今だけは何とも恐ろしく感じた。ごくりと喉が鳴る。誕生日会という体ではあるが、その真の意味に気付き震えが止まらない。わたしは無心で料理を食べ続けた。


「デル様、たくさん食べてくれてありがとうございます！」

空になった皿の数々を前にして満足げな声が部屋に響く。

これが彼女の望みなのであれば全力で応える選択肢しかない。わたしは彼女が用意した精力増強メニューを全てたいらげた。胃と胸が苦しい。

どこか気の毒そうな表情を浮かべた給仕が皿を下げ、机の上にはケーキと淹れたての珈琲が残された。変に渇いた喉を潤すためにすぐさまカップに手を伸ばす。

「では頂きましょうか。これは一から私が作りました」

まさかこのケーキも、だろうか。小刻みに震える両手を彼女に悟られないようにぐっと握りしめる。

ケーキは薄い緑色の生地でできていて、赤や黄色の果実が飾り付けてある。中央には板が置かれ「デル様３１５歳おめでとう」とある。セーナ自身が頑張って作ってくれたことが伝わり少し緊張が緩んだ。

「緑色とはなかなか珍しいが、果たしてどのような味がするのだろうか」

「私自ら加工をした植物を配合しています。が、詳しくは企業秘密です」

得意そうなセーナを微笑ましく思いながらフォークを口へ運ぶ。

「ふむ、美味しいな。甘過ぎないところがいい。果実のみずみずしさともよく合っている」

「ほんとうですか。嬉しいです！」

安心したのか顔が綻ぶ。いそいそと彼女もケーキを食べ始めた。

このケーキは大丈夫そうだ。そういうもの特有の味がしない。さすがのセーナもデザートは勘弁してくれたのだろう。

心安らかにケーキと会話を楽しみ、夜も更けそろそろお開きだろうかと口を開いたとき。

「デル様、実はプレゼントを用意しています」

「プレゼント、だと？」

豪華な夕食ですっかり満足していたので、これ以上何かあるとは嬉しい誤算だ。

国王という立場上さまざまな贈り物をもらうが、そのあたりの管理は宰相が上手くやっている。実際わたしの手元に来るわけではなく、城の業務で使うなり手を挙げた領地に寄付したりなどして有効に活用しているのだ。

「こちらも私が手作りしました。気に入ってもらえるといいのですが……」

差し出されたのは彼女の顔ほどもある大きな包みだ。青い布で美しく包装されている。

「ありがとう。セーナが作ってくれたものを気に入らぬわけがない。仕事で忙しいのに、相当無理をしたのではないか？」

「いいえ、そんなことありません。デル様のお祝いをできることが嬉しかったですし、あの、やっぱり、好きなひとに喜んでほしかったので……」

声は次第にか細くなり、とうとう顔を真っ赤にして俯《うつむ》いてしまった。そんな彼女を目の当たりにして、わたしも下を向き緩む口元を必死に噛みしめる。ここで鼻の下を伸ばしてしまっては格好がつかない。気を紛らわせるようにプレゼントの包装を解いていく。

出てきたのは桃色の蠟燭《ろうそく》だった。ふわりと石鹸《せっけん》にも似た甘い香りが広がる。顔を近づけて息を吸い込めば、心身がほぐれるような心地になった。

「落ち着く香りだ」

「これはアロマキャンドルといいます。いい香りのする生薬を蠟に練り込んであるのですよ。就寝前や休憩中に使うのがお勧めです。リラックスできますよ」

「ほう、興味深いな。さっそく今夜使うことにしよう。――もう1つ入っているな。これは？」

黄色い毛糸で編まれた三角錐《さんかくすい》の形状をしたものだ。ところどころにキノコを模した飾りが付いていて、何とも可愛らしい。これをわたしに？

「こちらはデル様の角カバーです。あの、裁縫は苦手でして、ロシナアムに教えてもらいながら作りました。頑張ったんですけど、見栄えが悪くてすみません。元のお色に合わせて黄色の毛糸を使い、霊芝《れいし》という縁起のいいキノコも飾りに付けてみました」

「角カバー？」

わたしは間抜けな鸚鵡《おうむ》のように繰り返した。

「はい、角カバーです。デル様のお角は……その、デリケートな部分ですので、人前に出ないときはなにかで覆っておいたほうがいいと思うんです。着用してみますか？」

確かに角は感覚が研ぎ澄まされた部分ではあるが、この可愛らしいカバーを着けるのか……。

果たして似合うだろうか？　いつもは黒か白の決まった意匠の衣類を身に着けているから、こういった明るい色は初めてだ。

しかし、期待に満ちたセーナの眼差しを受けて否と答えることはできない。

「せ、せっかく作ってくれたのだから、着けてみよう」

「ありがとうございます！　少し屈《かが》んでいただけますか？　――よいしょっと……。うん、サイズはぴったりですね。すごくお似合いです！」

「あ、ありがとう」

セーナに手を引かれるままに姿見の前へ移動する。

そこに映るのはかなり前衛的な魔王の姿だった。黄色い角からキノコが生えているという珍妙な姿が我ながらちょっと面白い。自然と笑みがこぼれる。

キノコの形はひとつひとつ微妙に異なっていて、彼女が一生懸命作った様子が頭に浮かぶ。似合っているかはさておき、心がぽかぽかと温かくなったのは事実だ。

「ふっ、これはいいな。セーナの言う通り角はわたしにとって大事なものだ。仕事が終わってからはこれを着けることとしよう」

「わぁ、よかった！」

「っ……！」

屈託のない笑顔に心臓が飛び上がる。

「改めまして、デル様」

ぴんと背筋を伸ばし姿勢を正すセーナ。

「お誕生日おめでとうございます。ふつつか者ですが、毎年一緒にお祝いできることを楽しみにしております！」

こんな幸せがあっていいのだろうか？　身を焼くような感情に我慢ができなくなり、掻き抱くようにして彼女を腕の中に囲い込む。

「ありがとう、セーナ。間違いなく一番嬉しい誕生日だった。そなたが祝ってくれるのなら毎日誕生日がいい」

幼少のころは父上と母上が祝ってくれたものの、ある年からそれはなくなり、以降は誕生日など考えることもなく過ごしてきた。当時の喜びと懐かしさをセーナが思い出させてくれた。

「ふふっ。なにを言っているんでしょうか、デル様ってば。私の気持ちが伝わったなら嬉しいです」

「うむ。セーナ、そなたの気持ちはよく分かった。今まですまなかったな」

「えっ？」

とぼけるセーナを抱きかかえて続きの寝室に移動する。そりゃあそうだ。女性からそういうことは恥ずかしくて言いにくいだろう。素敵なケーキとプレゼントで一瞬忘れてしまっていたが、セーナが真に伝えたかったことは夜の不満だ。

しかし、色々頑張ってくれた彼女には悪いが、わたしに精力増強の食材は効かない。よほど強力で特殊な毒でないと魔王の身体に影響を及ぼすことはできないのだ。食材程度でいちいちやられることはない。

これまではセーナの身体を慮《おもんぱか》っていたけれど、もう必要なさそうだな。

なぜか混乱している様子の彼女を寝台に下ろし、わたしは天蓋の紗《しゃ》を閉じた。

【薬師メモ】

江戸時代には媚薬《びやく》として漢方薬が使われていたという。

長命丸、女悦丸、思乱散、陰陽丹など。

3

ひ、ひどい目に遭った……！

デル様の誕生日会は滞りなく終了した。料理長と共同製作したご馳走にケーキ、とっておきのプレゼント。どれもとても喜んでもらえた。――はずだったのに、なぜかデル様は私に謝罪をしたのち寝室へ押し込んだ。

デル様はすごかった。なにが、とはちょっと言えないのだけど。

滋養強壮にいい食材がそちらの方向に働いてしまったのかしら？

単純に疲労回復をしてもらいたくて滋養強壮メニューにしたのだ。薬ではなくただの食材だから、それしきで魔王たるデル様がどうにかなってしまうことはあり得ないと思っていたのだけれど……。

途中からの記憶がなく、意識を取り戻した現在全身がとっても重怠い。うん、もうやめよう。魔王様に滋養強壮は必要ないです。

ベッドのすぐ右にある大きな窓の外は暗く、まだ夜を思わせる雰囲気だ。隣ではデル様が健やかな寝息を立てている。

よぼよぼと起き上がり、サイドテーブルに置いてあるグラスから水分を補給する。そして再び泥のようにベッドに沈み込む。

はぁ。明日仕事に行けるかしら？

不老不死の身体とはいえ普通に疲れるし痛みも感じる。死なないだけで、感覚器官は働いているのだ。朝までに回復しているといいのだけれど。

紗をめくりぼんやりと窓に目を向ける。雲が出ているのか星は見えない。

……ん？　窓の外から、なにか――――。

胸騒ぎと嫌な予感がした次の瞬間。

「んっっ！！？」

横から強い力で引っ張られ、ぐるんっと視界が回る。

と同時にガラスの破砕音が静かな夜の帳《とばり》をぶち壊す。パリィイィインという場違いに高い音の中、細かなガラス片が宙に躍った。

1拍遅れて物騒な鈍い音が耳元に響く。頬からシーツの引《ひ》き攣《つ》れを感じた。

「ロシナアム！　追え！　西の塔の方向だ！」

私を抱き込んだデル様が鋭く叫ぶ。

「承知しました！」

どこからともなくロシナアムらしき影が現れ、バルコニーからひらりと外へ飛び出す。雲の切れ目から顔を出した月に照らされる彼女の横顔は、見たことがないほど険しかった。こ、ここは最上階だけれど大丈夫なのかしら!?

寝ていた位置をちらりと見れば、長い棒が突き刺さっていた。数秒前まで私の頭があった場所だ。ひゅっと喉が鳴る。

「でで っ、デル様……っ！」

「大丈夫だセーナ。わたしはここにいる。まだ安心できないから動かぬように」

突然のことに私は無意識のうちにぶるぶると震えていた。ぎゅっとデル様にしがみつけば、頼もしい力でしっかりと抱きしめられる。

彼が片手をあげて左右に振ると、部屋の燭台に一斉に火が灯る。明るくなるだけで少し気持ちが楽になった。

震えがおさまったところでゆっくりと身体を起こす。ベッドに刺さっているのは細長い銀色の棒だった。これは……矢、だろうか？

その太さやめり込み具合から察するに、当たっていたら確実に脳髄を射抜かれていただろう。容赦のないやり方にぞくりと背中が震える。

おそるおそる矢に手を伸ばす。が、すぐにデル様の大きな手で阻まれた。

「触ってはいけない。毒が塗ってあるようだ」

「えっ」

「ここだ。無色透明だから分かりづらいがな。暗殺でよくある手法だ」

彼が指差したところをよく見ると、確かに粘性のあるものが塗られていた。

デル様は迷いのない手つきで矢を抜き、赤い舌でほんの少し毒を舐めとった。

「ちょっとデル様⁉　そんなことをしては……」

「………」

彼はすぐ手巾《しゅきん》に吐き出し、幾度も清めの魔法をかけた。

「だ、大丈夫ですか？　毒なんですよね？」

「セーナ。例の毒だ。わたしが受けた毒矢と、そなたの焼き菓子に盛られた毒と同一の」

「……っ！」

廊下から大勢の乱れた足音が聞こえてくる。それは部屋の前でぴたりと止まり、勢いよくドアが開く。

「陛下！　セーナ様！　ご無事ですか⁉」

差し迫った表情の騎士たちが飛び込んできた。デル様は冷静に指示を出す。

「ああ、怪我はない。ロシナアムを追跡にやった。応援を向かわせろ。あとはこの部屋と毒矢の調査を」

「「はっ！」」

騎士たちの雄々しい返事に、もう大丈夫だという安堵の気持ちが強くなる。

「セーナは別室に移り休むといい。わたしと騎士団とで今度こそ足取りを掴む。ロシナアムもあれで優秀だ」

デル様は調査の指揮を執るため寝室に残るという。騎士団のほうへ向き直ったデル様は、私に向けていた心配そうな表情から一転して般若《はんにゃ》のような顔になっていた。

わかりましたと返事をして、デル様に悟られないように小さく深呼吸をする。

……さすがに今日は驚いたわね、寝ているところだったし、頭を狙われたんだもの。不死身とはいえ、頭に穴が空いたらただでは済まないだろう。毒菓子のときよりもショックは大きかった。

驚きと恐怖で力の抜けた身体を叱咤《しった》して、私は安全だという離宮に移動した。窓ひとつないシェルターのような部屋で一晩を過ごした。

翌日、翌々日も念のため出勤はせずに同じ場所で過ごした。がらんとした部屋ではなにもすることがない。考え事をしたり、侍女さんが差し入れてくれる本を読んだりして静かに時間を潰した。

3日後の宵の口になるとデル様が来てくれた。ずっと調査に当たっていてくれたようで、久しぶりの再会だ。

「セーナ、いい報告だ。ロシナアムが犯人の追跡に成功した」

デル様の第一声はそれだった。

「ほんとうですか！　さすがロシナアム、アサシンの本領発揮ですね。ということは、犯人は程なく捕まるんでしょうか？」

「いいや、住処《すみか》の監視に留めるよう指示した。なにせ第3騎士団の小隊を壊滅させているからな。刺激して意図しない戦闘になることは避けたい。……それと、住処の場所が少々問題でな」

「問題、ですか」

給仕さんが用意してくれた紅茶を前に話を聞く。デル様はいつもの珈琲だ。

「セーナはテヌイスを知っているか？」

「確か、山脈を隔ててトロピカリの西にある領地ですよね。夏と冬しか季節がなく、過酷な地だとも」

気候が苛烈なため人口が少なく、比較的気候がましな南部に国内最大の刑務所や更生施設があるくらいだったような。「悪いことをするとテヌイス送りになるよ！」というのは、やんちゃな子供を叱る親の常套句《じょうとうく》でもある。

デル様は頷いた。

「そうだ。犯人はテヌイスの極北、狂暴な獣が多く棲《す》む樹海の奥に身を潜めている。ロシナアムが犯人を追跡するにあたって応援の騎士を向かわせたのだが、結局樹海を抜けられたのはロシナアムただ1人だったようだ」

「そっ、そんな……」

ロシナアムは特殊な訓練を積んだアサシンだから無事だったけれど、通常の騎士団員たちを遣《や》るには危険すぎる場所ということだった。

「騎士団の精鋭を揃えれば話は別だろうが、それでも安全な道を拓《ひら》くのに数日は掛かる。普通に考えれば、その間に犯人は逃亡するだろう。警備が手薄になった王都が狙われる可能性もある。そうなると面倒だ」

だから今は監視に留め、住処を出て仕掛けてきたところを捕らえるほうが確実なのだ、とデル様は言った。

「……確かにそうですね。理解しました」

「セーナ、怖い思いをさせたな。やつに次はない。必ず捕まえて地獄を見せてやる」

デル様が私の顔を覗き込み、頬を撫でる。不安や心配を拭うかのような優しい手つきに、心に秘めた考えが後押しされる。

「デル様。私、ずっと考えていたんです。どうやったら犯人を捕らえられるか」

「……ほう。聞かせてくれ」

「相手は相当の手練《てだ》れです。騎士団の皆さんが出れば犠牲は免れませんし、魔剣を持っていますから魔族の皆さんは不利です。加えてデル様は本調子ではない。戦闘できる体調でないことは私が一番わかっているつもりです」

デル様が最も心を痛めること。それは自分の臣下や大切に思うひとが傷つくことだ。そうなるくらいなら自分の命を投げ出してでも戦うひとだと私は知っている。たとえ本調子でなくともだ。

でも、それではデル様自身の幸せはどうなるのか。そうやって彼は自分を犠牲にして生きてきたのだ。この国で絶対的な立場にある彼を守ることができるのは私しかいない。

「私の知識を生かして化学的な武器を作るというのはどうでしょう。不幸中の幸いなのですが、現在開発中の薬を応用して猛毒と爆薬を作ることができるのです。それを使えばこちらの陣営に有利に戦いを運ぶことができるでしょう」

驚きはっと息を呑むデル様。

「それは本当か、セーナ」

「はい。便秘薬であるヒマシ油の製造ラインをいじればリシンという猛毒が得られます。また、狭心症薬ニトログリセリンはダイナマイトという爆薬にもできます」

提案するとデル様は喜色を浮かべたけれど、すぐに顔を曇らせた。

「しかしそれはセーナが民を救うために開発しているものだ。武器に転用することなど、そなたの本意ではないだろう」

「お気遣いありがとうございます。そうですね、正直に言えば気は進みません。だから今回限りにしたいです」

ずっと昔トロピカリに住んでいたころ、私は誘拐されかかったことがあった。そのときも自衛のために漢方の知識を利用して毒団子を作った。使うときが来ませんようにと祈りながら。結局使う場面は来なかったけれど、きっと今回はそうはいかない。敵を打ち破るための切り札になるだろう。

人を救うための知識で人を傷つける。その矛盾を受け入れていいものか、私はここ最近ずっと悩んでいた。しかし敵の強さとこちらの状況を鑑みると、これが最も確実な方法だと思われるのも事実だった。

「セーナ。すまない。今回限りと約束しよう。魔剣がなければ我が魔族に怖いものなどない」

デル様の大きな手が頭を撫でる。

葛藤がなくなったわけではない。けれども、私はその温かな手の持ち主を失うわけにはいかない。非力な私にできることなんて多くはないのだから、１回だけと自分を納得させる。

……明日から忙しくなるわね。速やかに武器開発の研究を進めなければ。

深くため息をついて、私はデル様の身体にゆっくりともたれかかったのだった。

4

ロシナアムが張り込み中につき、代わりに双子の妹であるジョゼリーヌが代理で侍女兼護衛になった。普段は騎士団に交じって治安の維持をしているらしく、彼女もまた腕利きのアサシンだ。

「姉が不在の間、精一杯お勤めいたします。何なりとお申し付けくださいませ」

「ロシナアムは双子だったのね。こちらこそよろしくお願いします、ジョゼリーヌ」

鮮やかなピンク髪に赤い瞳。見た目こそロシナアムと瓜二つ《うりふた》だけれど、彼女と違ってツンデレではなかった。髪を低い位置でお団子にして、メイド服をかっちりと着ているあたり、とても真面目な印象だ。実際とても丁寧な仕事ぶりである。

いつものように魔法陣で研究所ロビーに転移して、待っていたサルシナさんと合流する。

さっそく彼女にここ数日の件を説明する。

「ああ、陛下からも念話で大まかなことは聞いているよ。毒矢の件は大変だったね、無事で本当によかったよ。で、セーナは武器も作れるのかい？ すごいね、あんたの技術は」

私の気分を上げるようにサルシナさんがおどけてみせる。

「人手と予算をつけてくださったデル様に感謝しています」

「……気乗りしてないのは分かってる。すまないね。陛下と国のためにありがとう」

サルシナさんは神妙な顔で頭を下げた。その姿を見ると、やはり自分の決断は必要なものだったと思えてくるのだ。

もうやると決めたのだ。いつまでも気に病んでいてはいけない。私は意識して明るい声を出す。

「いいえ、大丈夫です。この危機を乗り越えることがまずはなにより大切ですから」

所長室の中央にある机に移動し、鞄からアイデアを書き留めたノートを取り出す。サルシナさんは実験室から実験ノートを持ってきてくれた。

「現在開発中のヒマシ油と狭心症薬を利用して化学的な武器を生産します。リシンとダイナマイトというものです」

説明のために新しい紙を取り出す。

「まず、リシンですが——」

リシン。

ヒマシ油を製造する際の種子の圧搾残渣《ざんさ》から得られるタンパク毒だ。微量でも発熱や吐き気、息苦しさが現れ、最終的には呼吸困難や低酸素血症を起こして死に至る。おそろしい猛毒である。

そしてダイナマイト。

狭心症薬の成分ニトログリセリンはダイナマイトの成分でもある。ダイナマイトとはノーベル賞の創設者であるノーベルさんが発明した爆弾で、トンネル工事や採掘現場で使用されるほど十分な威力がある。

「——と、こんな感じの武器です。なかなか難しい話だとは思いますので、作りながらその都度わからないことは聞いてくださいね」

「……そうだね、いっぺんに全てを理解するのは難しそうだ。また質問させてもらうよ」

そう言ってサルシナさんは説明の紙を実験ノートに貼り付ける。そして、あ、となにかを思い出したように顔を上げた。

「そういえば、今度騎士団幹部との会議があるらしいじゃないか。騎士団副長がセーナに会うことを楽しみにしていたよ」

にやりと笑うサルシナさん。

結婚お披露目式の警備について打ち合わせしたいと申し入れがあったことは知っている。でも、副長が楽しみにしているという話は初耳だ。

「副長が？　あの〝氷の騎士様〟ですか」

ロシナアムが以前言っていたわね。騎士団副長はその美貌と冷然とした立ち居振る舞いから貴族令嬢を中心に氷の騎士様と呼ばれて大人気なのだとか。ええと、本名はなんと言ったかしら……？

王妃教育のなかに「国の組織」という科目があったけれど、副大臣や副長だと個人名までは教わらなかった。会議までにきちんと名前を確認していかなければ。

「じゃあ、今日の実験を始めるかい？」

サルシナさんの声にはっと意識が引き戻される。私たちはさっそく実験室に移動し、武器の開発に着手したのだった。

それから数週間が経過した。

「あ〜、今日も一日疲れたわ。アラサーになると体力が落ちるのかしら？」

ぼふんっとベッドに倒れ込む。

羽毛をたっぷり使った布団に心地よく身体が沈んでいく。両手両足を思い切り伸ばすと筋が伸びて気持ちがいい。

「アラサーとはなんだ？」

よく響く低い声で尋ねるのはデル様だ。

「元居た世界では、30歳前後のことをアラサーと表現するんです」

「ほう。では、およそ３００歳のわたしはなんと言う？」

思いもよらない質問に、はたと考える。

「Around three hundred?　だと、アラスー？　なんだか変ね」

考え込む私をにこにこ眺めながら、彼はサイドテーブルに置かれた桃色の蠟燭に火を灯す。私がプレゼントしたシベットのアロマキャンドルだ。

何秒もしないうちに甘いムスクのような香りが部屋を包み込む。

癒される……！

落ち着く香りにふかふかのベッド。究極の組み合わせと言ってもいい。このまま身体が蕩けてしまいそうだ。

隣に腰を下ろしたデル様を見上げると穏やかな視線と交わり、大いに気を抜いている自分に顔が赤く染まる。

「よい。無防備なセーナも愛いからな。しかし他の男の前でしてはいけないぞ」

「だらしがなくてすみません。もちろんデル様の前以外ではしません。というか、できないです」

普通は好きなひとの前でこそしない態度かもしれない。でも、彼といると自然とこうなってしまう。デル様が心の広いひとでほんとうにありがたい。

ちなみに今は夕食と湯あみを済ませた後のゴロゴロタイムだ。くつろぎながら他愛もない話をする幸せな時間。

「デル様が予算と人手をつけてくれたおかげで武器開発は順調ですよ。数か月程度で形になる見込みです。……そういえばデル様、犯人って今どういう状況なんでしょう。張り込み中のロシナアムからなにか報告は来ていますか」

ごろんと寝返りを打って仰向けになり、デル様の麗しいお顔を見上げる。

毎日仕事に心血を注いでいるし、デル様から特に話も聞かないため、その後犯人がどのような状況にあるのか知らない。

「ああ、特筆すべきことがないからわたしもセーナに言っていなかったな。……まず、性別は女だ。名前はヘル・ヘスティア。役場に登録がないから偽名の線が強いがな。で、魔力が感知されないことから魔族ではなく人間だ。ロシナアムの報告によれば潜伏先の小屋からほとんど出ないそうで、目立った動きはない。現状分かっている情報はそれだけだ」

「…………っ！」

デル様の話を聞いて息が止まった。金縛りにあったかのように身体がベッドに縫い留められる。

なぜなら私はその名前を知っている。

〝『ヘル・ヘスティア』備考『卓越した技能を持つ騎士。騎士団を創設するため』〟

ぶわりと鳥肌が全身に広がる。

図書室にあった門の使用記録。私の前のページには、確かにそう記されていたはずだ。

5

「驚いたな。門の使用記録に手掛かりがあったとは……」

私の記憶を彼に共有すると、デル様は雷にでも打たれたような表情になった。和やかな雰囲気はどこかへ吹き飛び、お通夜のように重苦しい空気が漂う。

「私も偶然手に取って覚えていただけです。まさか事件と関係があるとは思いませんでした」

「ありがとうセーナ。そなたのおかげで非常に重要なことに気付くことができた。門の開閉自体は魔王の役目だが、記録等は他の者がしている。自ら使用記録を取り扱っていれば、もっと早く目に触れていただろうに」

苦々しく言葉を漏らすデル様。責任を感じているようだった。

しかしデル様は悪くないと思う。忙しい国王が一から十まで仕事をしていたらいくら時間があっても手が回らない。実務と記録を分業するのは至極全うなことだ。彼は抱え込む性格なので、そこはしっかり強調しておかないといけない。

「いえ、いちいち全ての記録までデル様がつけていたら執務が滞ります。気にすることはないですよ。……確か、門の記録関係は内務省魔王局の管轄でしたよね」

王妃教育により国の組織図は頭に入っている。国内向けの仕事は内務省が管轄で、その中でも魔王がらみの内容は魔王局が担当だったはずだ。

「そうだ。本件の調査本部は騎士団だから、情報の共有をしていなかったことも原因の1つだな。今後は各組織の代表も調査団に加えよう。どこに手掛かりがあるか分からないからな。……それで、つまり『ヘル・ヘスティア』、この者は召喚人かもしれないということか」

デル様が腕を組む。

「同姓同名の別人、という可能性はありませんか？」

「確定的なことは言えないが、低いと思っている。ヘル・ヘスティアという名は戸籍部に登録がなかった。ということは偽名だろうという結論に至ったが、我が国においてこの姓名は一般的ではない。わざわざ偽名を使うならありふれた名前を選ぶだろう？　だから違和感はあったのだ。――召喚人であっても戸籍登録はされる。よって、何らかの理由で国民登録が漏れたか消されたのではないかと考えている」

「な、なるほど」

デル様は名探偵だ。僅かな情報を繋ぎ合わせて迅速に理論を組み立てる。

その後、とりあえず門の使用記録を実際に確認してみようということになり、私たちは図書室へ移動した。

「ふむ、セーナの言った通りだな」

門の使用記録には私の記憶通りの内容が書かれていた。

時刻は22時。王城に人の気配はなく、図書室は鼓膜が変になるくらい一層静かに感じられた。

「使用記録によれば、ヘル・ヘスティアが召喚されたのはおよそ500年前です。普通の人間であればとっくに死んでいるはずですよね」

「そうなるな。当時の魔王は祖父のペリキュローザだから、彼の史実を掘り起こせば何か分かるかもしれない」

そう言ってデル様は図書室の奥に向かい、手に何冊か持って戻ってきた。

「祖父はわたしが生まれる前に亡くなったし、当時を知る僅かな魔族も此度の事件で命を落としてしまった。記録から読み解くか、古の魔物を呼び寄せて話を聞くしかないな。

レイン・クロインにまた頼んでみるか……？」

　顎に手を当てて考え込むデル様。灯りに照らされて顔の陰影が美しく浮かび上がる。

「そのレイン・クロインさんというのは、デル様のお友達なんですか？」

　デル様から他人の名前が出るのは珍しい。彼が持ってきた本をひとつ手に取りながら尋ねる。

「友達、か。少し違う気もするが、まあ馴染みの魔物だな」

「そうなんですね。お呼びする際にはぜひご挨拶させてください」

「ああ。やつは美食家でな、美味《うま》い海鮮類を教えてくれるぞ。セーナも気に入ると思う」

　会話は途切れ、ページを繰る音が響き渡る。

「……ここに少し書いてある」

「なんです？」

　手を止めて彼の手元を覗き込む。

「〝ヘル・ヘスティアは暦856年に召喚された騎士。卓越した剣の技術を持ち、弓矢や戦鎚《せんつい》も得意とした。初代騎士団長として戦闘の技術および兵法の知識をもたらした。ペリキュローザ王の信頼も厚く彼は常に彼女を傍に置いた。暦866年没〟――これだけだな」

「……そのようですね。あとは彼女がもたらした技術についての記述です。この本によれば彼女は亡くなったはずですけれど、一体どういうことなんでしょう？　実は死んでいなかったにしても、人間は５００年も生きられませんし……」

「わたしは死んでもなお生きている人間を知っているが」

「えっ、誰ですか⁉」

そんなビックリ人間がいるなんて！　ぜひともその身体について調べさせてもらいたい。

わくわくした目でデル様を見つめると、頬杖《ほおづえ》をついた彼が笑いを噛み殺す。

「ふっ。セーナ。そなただ」

「………………あっ⁉」

そういえば、そうだった！

ブラストマイセスでの生活があまりに自然なので忘れがちになってしまうけれど、私は1回死に、そして不老不死の身体になっているのだった。

「そなたは賢いのかそうでないのか、たまに分からなくなるな」

「う、うぐ……。だ、誰だってうっかり忘れることはありますよ。……さあ、残りの本を確認しちゃいましょう！」

「ここでの生活を楽しんでくれているようでわたしは嬉しい」

緊張した雰囲気が少しだけ緩む。ニヤつくデル様の視線を感じつつ、恥ずかしさを誤魔化すように私は新しい本を手に取った。


時計は静かに、そして確実に時を刻み、時刻は午前3時過ぎになった。

「結局、めぼしい情報は最初にデル様が見つけたものだけでしたね」

関係ありそうな資料全てに目を通したけれど、他に得るものはなかった。

「うむ。ヘルの功績についての記述はあったが、本人に関するものは皆無と言っていいな。ま、当たり前と言えば当たり前の話だ。召喚人は技能技術を目当てにして呼ばれるのだから」

長い腕と脚を組んで椅子にもたれるデル様。調べ物の邪魔になるからか、途中から長い髪を後ろで1つに結わえていた。夜着の薄いシャツと相まって新鮮なスタイルだ。

「――わたしの推測では、ヘルは人間としての寿命を終えた後、何らかの理由で冥界から蘇った。そしてわたしに恨みを抱き命を狙っている。その可能性が高いと思っている」

「そうですね、私もその見方が自然だと思います。確か冥界に行った者には選択肢が2つあるんでしたよね。転生するか、そのまま冥界に住むか。私はデル様と結婚するという理由があったので例外的にこの世へ出られましたけど、ヘルはどうやったんでしょうか？」

デル様が教えてくれたことを思い出しながら首をひねる。

「恐らく、当時の魔王ペリキュローザが1枚噛んでいるのではないかと思う」

「デル様のおじい様ですね」

「ああ。彼はヘルを気に入っていたと書いてあったし、他の史実によればかなり粘着質な性格だったようだ。考えたくないことではあるが、彼女の死を受け入れられず秘密裏に冥界から連れ出した可能性はある」

苦虫を嚙み潰したような表情のデル様。脚を組み替えて、はあと深いため息をついた。

「冥界の守護者としての職権を乱用した、ということですか？」

「そうだ。ただ、それはあってはならないことだ。死者を好き勝手に連れ戻しては現世が混乱する。理由もなくしてはいけないことなのだ。……ペリキュローザは恐妻家だったようだから、公的な方法が取れなかったのかもしれない」

「なるほど……」

デル様の推測には矛盾がなく、目の前にある情報を踏まえると最適解に思えた。

しかし、聞けば聞くほどペリキュローザという人物は身勝手な性格をしているではないか。

「……ペリキュローザ様は、ヘルを連れ戻すだけ連れ戻して先に自分が亡くなったんですね」

なんとも無責任ではないか。

冥界から帰ってきた者は不老不死だ。ヘルがどこまで状況を理解しているかわからないけれど、少なくとも己の身が普通でないことには気付いているはず。生きたくもないのに生きているのだとしたら可哀想だ。

魔王に関係する者の殺戮《さつりく》を繰り返しているのは、ペリキューローザ様に対して晴らせなかった恨みの当てつけなのかもしれない。聡《さと》いデル様も、当然その可能性には行きついているはずだ。

彼は自虐的に笑った。

「本来魔王とは身勝手で欲深い存在だ。身内を擁護するわけではないが、そういう意味では祖父は魔王らしい魔王とも言えるな。もし祖父がわたしを見たら腰抜けとでも罵りそうだ」

長い睫毛が伏せられ顔に影が差す。心なしか寂しそうな表情に見えて、私は思わず口を開いた。

「デル様は腰抜けなんかじゃないです！　優しいし強いし、国民みんなデル様が大好きですよ！」

デル様が私を見て、少しだけ目を見開く。

「それに、私がここに戻ったのは自分の意思です。デル様と一緒にもう一度生きたいと思ったから。……デル様が手を尽くせば独断で連れ戻すこともできたんでしょう？　でも、そうしなかった。それは私の気持ちを尊重してくれたからですよね。そういう思慮深い方だからこそ、国民も私もデル様に付いて行こうと思うのです。腰抜けは奥さんが怖くてこそこそ違法なことをしたペリキュローザ様のほうですっ！」

こんなにも国民のために身を粉にしている為政者、元の世界を含めてもいなかった。だから、どうかデル様にはそんな顔をしないでほしいと思った。彼はこれまでずっと孤独に頑張ってきたのだから、これからはたくさん幸せを感じて笑っていてほしい。

思いがけず言葉に熱が入ってしまい、乱れた呼吸を整える。デル様は驚いていたものの、ふわりと頬を緩ませた。

「ありがとうセーナ。落ち込んでいたわけではないが、そなたの言葉はとても嬉しい。……わたしは早くに両親を亡くしているからか、幸せそうな国民――特に家族を見るのが好きなのだ。だから争いや犯罪によって彼らが傷ついたり、必要以上の税で苦しんだりする姿を見たくない。争いがなく平和で、十分な食べ物があること。それが幸福というものではないかと思っている。わたしの役目は彼らの生活と命を守ることだ」

「……はい」

デル様が自身の家族について話をしてくれるのは初めてだ。自然と背筋が伸びる。

「魔王らしくないと言われるかもしれないが、これがわたしのやり方だ。自分のなかの理想を追求し、いつも公正平等でありたい」

　そこまで言うと彼は少しはにかんだ。

「セーナのようにわたしを理解し、支えてくれる妃を娶《めと》ることができて本当によかったと思っている」

「ふふっ。まだ婚約者ですけどね。そう言っていただけて嬉しいです。私は一生お傍にいますからね。デル様が必要だと思ってくださる限り」

「ああ、頼む。だから次は絶対にヘルを捕らえるぞ。彼女はある意味では祖父の被害者だ。言い分があるなら聞いてやる必要がある。罰はそれからだ」

　ヘルも被害者だ、という考え方は実にデル様らしい。

「そうですね。ヘルがいつ仕掛けてくるのかわかれば楽なんですが……」

　そこまで考えて、私はあることに気が付いた。

「あっ」

「どうした？」

「わかったかもしれません。次に彼女が私たちを狙ってくるのは、結婚のお披露目式ではないでしょうか」

　デル様が首をかしげる。

「次の狙いはお披露目式？　どういうことだ？」

「これまでヘルが狙ってきた日を思い出してみてください。1回目は研究所のプレオープン日で、2回目はデル様の誕生日。どちらも私やデル様にとってかけがえのない日でした。恐らく大切な日を邪魔したいのでしょう。そうなると次の好機はお披露目式です」

「なるほどな……。確かに偶然にしては出来過ぎているし、恨みを晴らしたいのならそういう日を狙う動機になる。よし、当日は襲撃を想定した警備体制を敷こう。討ち取る前提で策も講じる」

「私もそれまでに武器開発を実用化までもっていきますね。半年弱ありますから、なんとか間に合うかと」

　顔を見合わせて頷く私たち。……婚約者という関係だけれど、なんだか仲間のような一体感だわ。デル様は私を信用してくれているのね。

　私をよそ者扱いせず、ひとりの人間として尊重してくれるデル様。彼の伴侶になれる私は幸せ者だと改めて感じた。彼の隣だからこそ私は私らしくあることができる。

「お披露目式、楽しみですね」

　思わず言葉が口をついて出る。意表を突かれたように固まるデル様。

「……セーナが楽しみにしてくれていることが、わたしは嬉しい」

じわりと角が赤くなる。普段クールな彼のこういうところが私は一番好きかもしれない。

「ふふっ。明日からもお互い頑張りましょうね。調べ物も一段落したことですし、そろそろお部屋に戻りましょう」

既に窓の外は薄く白んでいる。手分けして本を元の場所に戻し、私たちは図書室を後にした。

次の日からデル様は警備の見直しと騎士団の訓練、私は武器開発にと大忙しの日々が始まった。

ヘルが私と同じ不死身なら、身体を粉々にできるダイナマイトはかなり有効なはずだ。殺さずに捕まえることが最優先ではあるものの、向こうの出方次第ではこちらも手段を選んでいられないだろう。

一生に一度の結婚式。デル様との大事な思い出になるはずの一日。

何事もなければいいと思いながらも、早く決着を付けたいという気持ちもあり、落ち着かない日々が過ぎていった。

6

日に日に秋色を濃くするブラストマイセス。

結婚お披露目式まで2か月を切った。今日は騎士団幹部との会議が入っている。

時刻は朝の9時過ぎ。黒い大理石でできた外回廊をいそいそと進む。風に乗って運ばれてきた色とりどりの落ち葉は、横を通り過ぎるとかさりと乾いた音を立てた。

会議室は私室がある建物とは別棟にある。普段はお散歩気分でのんびり歩くのだけど、今みたいに気が急いているときはどうにももどかしい。

先日サルシナさんが言っていた「騎士団副長がセーナに会うことを楽しみにしている」。この言葉の意味を知った私は今日という日を心待ちにしていた。

だってまさか、ライが騎士団の副長になっているだなんて！

当時ライは18歳だったから、今は28歳のはず。どんな大人になっているのかしら。

ようやく会議室に到着しジョゼリーヌがドアを開ける。円卓を囲む3名の男性と、黒板や資料の山が見えた。

「私が最後ですね。お待たせして申し訳ありません」

「わたしたちもつい先ほど揃ったところだ。こちらにおいで」

デル様がぱあっと顔を綻ばせて手招きをする。その様子を見て私も自然と頬が緩んだ。

大柄な男性が素早く立ち上がり敬礼をする。短く刈り上げた水色の髪に、無数の傷跡が残る褐色の肌。筋骨隆々といったガッチリ体型で、いかにも屈強な男という風貌だ。

「セーナ様、お初にお目にかかります。それがしは騎士団長を拝命しているガリニスでございます」

きりっとした男らしい笑顔で挨拶をしてくれるガリニスさん。白い歯が爽やかだ。

予習していた知識によれば、彼の実体はリヴァイアサンという海蛇だ。精鋭揃いの騎士団において圧倒的な強さを誇り、若き日のデル様と共に数々の戦乱を平定してきたという。経験豊富で頼もしい騎士団長だ。

「初めましてガリニスさん。今日はよろしくお願いします」

ガリニスさんと一通りの挨拶を終えると、正面に座る男性の顔が目に入った。会議の出席者は私とデル様の他、騎士団長と副長だから、この人がライ……えっ、んっ？

思わず脳がフリーズする。目の前にいるのは、記憶にあるライとは似ても似つかぬ美男子だったからだ。

かつてポニーテールだった銀髪は肩のあたりで外に広がるウルフカットに。そしてミドリムシのように澄んだ緑色の瞳。どちらも懐かしい色彩だ。

けれども、相貌と雰囲気がかつてのそれと全く違う。好奇心旺盛で見るからにお調子者だった彼はどこへやら。今ここにいるのは氷のように冷え冷えとした雰囲気をまとった騎士で、髪型も相まって美しい狼《おおかみ》を思わせる佇まいだ。体軀《たいく》も随分と厚みが増したというか、均整のとれた体格になっている。

「セーナは俺のことを忘れてしまったのか……」

下を向く美男子。銀に縁どられた長い睫毛が悲しげに伏せられる。

「あの、ほ、ほんとうにライなの？　ちょっと……いや、だいぶ雰囲気が変わったのね？　氷の騎士様だなんて冗談だと思っていたわ」

「………」

焦って声を掛けるけれど、ライはショックを受けているのか顔を上げない。

そ、そんなに傷つけちゃったかしら⁉

「お、大人っぽくなっていてびっくりしたの。気分を害したのなら謝るわ、ごめんね？　かっこいい二つ名じゃない、氷の騎士様って」

くっ、と短い声を漏らして肩を震わせるライ。えっ、まさか泣いているの⁇

おろおろしているとデル様が呆れた声を出した。

「こらライゼ。久しぶりの再会だというからそなたの『ドッキリ』に協力したが、これ以上セーナを困らせるな」

「く……くくっ……」

「いやはやライは趣味が悪い。セーナ様が固まっておられるぞ」

ガリニスさんもやれやれといった顔でライの肩を小突いている。

笑いを噛み殺すライと、呆れ返るデル様とガリニスさん。その様子を見てようやく状況を理解し始める。

ライの肩の震えはだんだん大きくなり、ついに堪《こら》えきれなくなった様子で顔を上げた。

「くくっ……あはははは！　ごめんなセーナ！　久しぶりだから、ついからかいたくなっちゃって！」

腹を抱えて笑うライ。う、うん、なにも変わってない。むしろ退化した？

「もうライってば、騙《だま》したのね!?　昔と正反対の雰囲気になっているものだから、一体なにがあったのかと思ったわよ」

「ごめんごめん。……くくっ。いやぁ、また会えて嬉しいよ。まさか魔王様と婚約するなんてな。もうお姫様なんだな」

「……警邏《けいら》中もそのように明るく振る舞ってほしいのだが。どうして街の女性方には不愛想なんだ」

ガリニスさんがぼそりと呟いた。どうやら氷の騎士様というのはほんとうのことらしい。

ライは腹を押さえながら立ち上がり、ひとしきり笑うと真っ直ぐに私を見た。背は仰ぎ見るくらい高くなっていて、白い騎士服には瞠目《どうもく》するほど多くの勲章が輝いている。

「改めて。俺はライゼ・フォン・フィトフィトラ。魔王陛下とセーナ様の忠実な騎士として、この身をブラストマイセスに捧げます」

さっきまでのおふざけが嘘《うそ》のように彼は丁寧に身を折り、私の手に忠誠の口付けをした。

ごつごつして筋張った手に、ライが鶏屋の店員ではなく立派な騎士であることを感じる。私を見上げる真摯な瞳はもはや弟のようなそれではない。

「ライが旧王国の第2王子なうえ、騎士団副長だと知ったときは驚いたわ。これからもよろしくね」

ライは立ち上がり、くだけた態度に戻る。

「俺もまさかこうなるとは思ってなかったよ。でも、兄貴が反逆罪で処刑されてから、これじゃいけないって一念発起したんだよな。仕事を辞めて陛下にお願いしたんだ。兄貴みたいになりたくないから鍛えてくれって」

「最初、わたしのことを毛嫌いしていたのは何だったんだろうな？」

腕を組みライを一瞥するデル様。

ライはぐっと喉が詰まった表情になり顔の前でわたわたと手を振る。

「あっ、あれは……！　だって、陛下みたいなおっかないのが来たら誰でも驚くだろ⁉

当時は兄貴の言うことが正しいと思い込んでた子供だったしさ。今は正しいのは陛下だったんだって、ちゃんと分かってる」

デル様は旧王族の末裔を監視するため定期的にトロピカリに行っていた。当時のライは兄のロイさんに吹き込まれてデル様は悪だと思っていた。だから私にも彼に近づくなと警告したのだ。

反逆したロイさんは亡くなったけれど、第2王子のライは国の要職に就いてくれている。彼の能力を生かしつつ、旧王国の不安要素を潰すというわけだ。デル様の絶妙な采配に感嘆した。


——会議は3時間に及んだ。

議題は人員や警備の配置、観衆の避難誘導、救護所の設置など。大筋は騎士団とデル様の間で決まっていたので、最終的な微調整を行った。私の動きを確認し、ダイナマイトとリシン毒をどこでどう使うかといった対ヘルの作戦も煮詰めた。

慣れない話に頭を使ったけれど、これで当日奇襲をかけられても十分に対応できるはずだ。

「では、当日はくれぐれも頼む。何もなければそれが一番だが、残念ながら何かある可能性が高い。騎士団の誇りにかけてセーナと国民を守り、罪人ヘルを捕らえるように」

「それがしの命に代えてもお守り致します」

「任せてくれ。俺は絶対に負けない。第3騎士団のやつらの仇《かたき》を取ってやる」

おのおの頼もしい返事をしてくれた。ブラストマイセスの騎士は勇敢なのねと感じられて心から嬉しくなる。私も負けてはいられない。

「私も容赦はしませんよ。大人しく捕まらない場合、薬師兼研究者を敵に回したらどうなるか思い知らせてやります」

「姫様が一番怖いじゃないか！」

ライのからからとした軽快な笑い声が響く。

奔放なライに頭が痛い様子のデル様と、持て余しているのか円卓の下で小さく素振りを始めるガリニスさん。

……みんなが無事で決着するといいのだけど。平和な光景を眺めながら、私は切に願うのだった。

閑話　とある騎士の物語

ブラストマイセス王国北部、テヌイス。東に山脈、北には海。厳しい気候に加えて交通の便も悪いこの領地は開拓が進んでおらず、身を潜めるには最適な場所だ。

中心街からはるか離れた湿地帯の中に拠点はある。背の高い木々に囲まれ、じめじめとして薄暗い。獰猛《どうもう》な獣たちが棲む樹海の奥にあるこの場所は人の住むようなところではなく、かつて辿り着く追っ手もいなかった。

暗い小屋に入ると、細い鳴き声と共に足元にすり寄るものがあった。

「アビーか」

数年前この小屋に迷い込んできた三毛猫のアビー。樹海の獣に襲われたのか、酷《ひど》い怪我をしていた。気まぐれに助けてやったらそのまま住み付いてしまい、慣れ合いは不要だと追い出しても、なぜかすぐに戻ってきてしまう。

アビーの口周りには赤いものが付いていて、鼠《ねずみ》でも食べた直後だったようだ。小さな頭を撫でると気持ちよさそうに目を細めた。

共に暮らしていると行動が似てくるのだろうか。自分も猫も、血生臭い匂いがする。

返り血によってグレーの生地が赤茶色に染まったローブを床に放る。燭台に火を入れることもなくベッドに腰かけ、〝ヘル・ヘスティア〟と己の名が刻印された血濡《ぬ》れの剣を拭く。

……殺せど殺せど心は晴れない。それはきっと、魔王《やつ》を仕留めていないから。

これだけ関係者が狙われ命を落とせば、もう察しはついているだろう。じわじわと追い込み心を苦しめ、時が来たら確実にとどめを刺す。そうされても仕方のないことをやつらはした。わたしは何も間違ったことはしていない。

ふと目を上げる。ベッドの向かいに広がるのは台所だ。

この場所を見ると今でも涙が出そうになる。かつてふたりで暮らした家は、このように暗く冷えたものではなかった。暖炉の火が室内を明るく照らし、愛しい人が温かい食事を作る幸せな台所があった。

薄暗く、埃《ほこり》をかぶった台所。眺めていると悲しみと同時に忌々しい気持ちすら覚える。けれども、この場所をなくそうとは思わないのだ。なぜならこの心の痛みだけが、わたしに生きる意味を思い出させてくれるのだから――。

◇

幸せな結婚をするはずだった、その前夜。

騎士団に入ってから初めて休みを取った。不慣れながらも台所に立ち、料理を作り婚約者の帰りを待っていた夜。わたしは突如真っ白な光に包まれ、全く知らない場所に転移させられていた。

大広間のようなその場所には、少し距離を置いてわたしを取り囲むものたち。日頃征伐している見知った魔物もいれば、似て非なる姿かたちのものものもいた。……とにかく彼らに包囲されている状況をみて咄嗟《とっさ》に剣を抜いた。当時のわたしは私服など持っておらず、騎士服の上に真新しいエプロンを付けていた。思い返せば随分と滑稽な姿だった。

異形のものたちの中から、ひとり人間に似た風貌の男がこちらに歩み寄る。恐ろしく整って美しいその男の頭には琥珀色の角が生えていた。瞳孔が縦に割れた鮮血のような瞳、光を一切反射しない漆黒の髪。彼が1歩動けば全ての魔物が床に頭を擦《こす》り付《つ》ける。

——一瞬で理解した。この男が頂点なのだと。

「ヘル・ヘスティア。役割を終えたなら元の世界に戻してやろう」。その言葉を愚かなわたしは信じた。差し出された蠟のように白い手はひどく冷たかった。

男の命により騎士団を創設し鍛え育て上げた。剣技も弓も惜しみなく技術を分け与えた。全ては元の世界に戻るため。いつしか男——魔王ペリキュローザがわたしに並々ならぬ感情を抱くようになっていたことにも気付かぬふりをして、淡々と召喚人としての役割をこなした。

しかしペリキュローザは約束を反故《ほご》にした。騎士団がわたしの手を離れた後も、なにかにつけて元の世界への帰還を先延ばしにし、わたしが病を患い今際《いまわ》の際に願ったときですら言葉を濁した。

ああ、この男は最初から約束を守るつもりはなかったのだな――。召喚の直後、装備していた魔剣や秘毒を取り上げられた際に気が付くべきだった。しかし、だからと言ってあのとき他の選択肢があったかと言えば、なかったことも事実だ。あの人にもう一度会うまでは、どんなに苦しくても、どんなに涙を流そうとも、僅かな可能性があるのなら賭けただろう。今生では叶わなかったが、ようやくこれで解放される。憎くてたまらない男に看取《みと》られながら、わたしは異界の地で生を終えた。

――はずだった。

死後の薄暗い砂漠で目にしたのは、2度と顔を見たくなかった美貌の魔王。ペリキュローザの姿だった。

こんなにも執着されていたとは――！

まるで蛇のようだと思った。わたしはやつの毒牙から逃れることはできないのか。反射的に背を向けて砂漠をひたすら駆けた。走って走って、引き離せたかと思って振り返ると、すぐ目の前にやつの顔があった。ペリキュローザはひどく妖艶に笑った。恐怖で全身から力が抜けた。

崩れ落ちたわたしを抱え、やつは再び城に戻った。つい先日息を引き取ったばかりの部屋で、地獄のような鳥籠生活が始まった。

既に不老不死となっていたはずなのに、心は死の向こう側へとどんどん闇に呑み込まれていった。苛立《いらだ》ち、絶望、憎しみ、後悔。ペリキュローザは幾度も「愛している」などとのたまったが、誰がそのような嘘を信じようか。おまえには奥様がいるだろう。もし本当に愛しているのならば解放してほしい。そう叫んでもやつは薄く笑うだけ。わたしの心は、人間らしい善良な感情は、このときに全て失ってしまった。

ペリキュローザは突然崩御した。原因は分からない。

やつの死により鳥籠部屋の特殊な錠前が開いたため、武器庫から魔剣と秘毒を取り戻し、城内の混乱に乗じてわたしは逃げ出した。

自由を得たあとは魔王一族に復讐《ふくしゅう》することを決意した。人の幸せを唐突に奪い、約束を破り、尊厳を踏みにじったやつらを絶対に許さない。のうのうと幸せに暮らすなどあってはならないことだ。きっとあの人もそう思っている。彼のためにもやらねばならない。しばらく潜伏して力を蓄え、剣の鍛錬を再開したのち、わたしは動き始めた。

手始めにペリキュローザの子供、つまり代替わりした魔王トリコイデスを殺した。ペリキュローザよりも魔力が弱く、大人しい性格のトリコイデスを落とすことは簡単だった。王妃は夫の死が大層悲しかったようで、みるみる衰弱してあっという間に死んだ。

トリコイデスの髪を使ってマントを織り、対魔族用の防具として活用した。

トリコイデス夫妻には子がひとりいた。デルマティティディスというが、こいつは幼いながら異常に頭が回り、魔力量は父や祖父をはるかに凌《しの》いだ。トリコイデスのときのように簡単に近づけなかったため、好機が来るのを待つことにした。

やがて魔族はフィトフィトラ王国と戦争になった。この機に乗じてわたしは再び動き出す。戦乱に紛れて毒矢を射った。祖国の秘毒を塗った矢はデルマティティディスの右胸に命中し、わたしは笑みを堪えきれぬままその場を去った。

仕留めきれなかったことは残念だ。しかしやつは不治の病に陥ったという。わたしと同じように、生の苦しみを味わわせてやるのもいいかもしれない。趣向を変えてじわじわ嬲《なぶ》り殺してやることに決めた。


テヌイスを拠点とし、魔王に恨みを抱く者を駒にした。それは例えばフィトフィトラ王族の末裔だ。第1王子ロイゼを使ったものの、やつは浅はかさゆえ命を落とした。駒の役割さえ果たせぬ愚かな男だった。

しかし、そこでデルマティティディスは察したようだった。ただならぬ者が自分を狙っていることに。面白くなってきたが、疫病の大流行により使える駒がなくなってしまい、再び潜伏する日々が続いた。

デルマティティディスが執心していたセーナなる娘はいきなり姿を消し、ぱったりと消息が摑めなくなった。破局して追放でもされたかと思いきや、突然帰ってきて婚約者の座に収まった。

わたしは畳みかけることを決意した。遊びは終《しま》いだ。子が生まれる前に決着を付けよう。ここで魔王の血を絶やしてやる。

セーナに手を出すとデルマティティディスは面白いほど激怒した。その姿は父トリコイデスの若い頃に瓜二つだった。なぜだろう。いやらしい蛇のような執着心を見せたペリキュローザとは違って、その子と孫が配偶者に向ける眼差しは温かい。

人生でただ1人きりと決めた愛する人の顔は、何百年と経った今、思い出せなくなっていた。脳裏に浮かぶのはいつからか憎き魔王の顔ばかり。鮮血のような赤い瞳に真っ白な肌をしたひどく美しい男。

わたしは一体誰のために生きているのだろう。愛する人と引き離され、そしてわたしを愛していると繰り返した男も、わたしをおいて逝ってしまったではないか——……。

◇

「……くだらないことを思い出してしまった」

空虚な心で呟けば、アビーがにゃあと鳴いた。彼は膝に飛び乗り、ぺろぺろとわたしの手を舐める。多くの者の血で汚れた手を舐めるなんてと最初は気が引けたが、アビーなりに励ましてくれているのかもしれない。都合のいい解釈だが、そう思ってからは自由にさせている。

「アビー。剣の近くは危ないぞ」

利口なアビーは床に下り、腹を見せて転がった。ふっと笑みがこぼれる。

「次が勝負どころだな」

魔剣に付いた血を拭き上げ、鞘《さや》に納めて枕元に立てかける。

セーナに毒矢を放った後から何者かがこの住処を監視している。鬱陶しいから始末しようと表に出ると途端に気配が消えるのだ。獣の樹海を初めて踏破した者だけあって、それなりの実力を持っているとみえる。

あちこち探し回ってまで殺そうとは思わない。魔王に深く関係している人物なら話は別だが、そうでないなら放置でいい。ほんとうに大切な者だったなら監視の任に当てないだろうし、殺しても次の隠密《おんみつ》が送られるだけだ。テヌイス以上に潜伏に適した地を見つけられる保証もない。

こちらの動きが筒抜けならば、次で確実に仕留めるまでだ。邪魔をする者は殺してしまえばいいのだから。

有終の美を飾るにふさわしいのは、やはりあの日しかない。わたしが味わった絶望をやつにも味わわせてやるのだ。結婚する日、観衆の目の前で首を刎《は》ねたらどんなに胸がすくだろう。

「……アビー。おまえもそろそろ嫁を探せ。いつまでもここにいてはいけない」

にゃああと抗議するように鳴くアビー。そうは言っても、いつまでもわたしと共にいるわけにはいかない。アビーには猫としての幸せがある。

燭台に火を入れて、再び膝に飛び乗ってきたアビーを撫でる。

テヌイスの夜は静かに更けていった。

第十章　冥界事変

1

ブラストマイセスに戻って早1年。季節は1周し、雪がちらつく日も増えてきた。

今日はいよいよ結婚お披露目式だ。

「セーナ様、とてもお綺麗です！」

達成感に瞳を輝かせるジョゼリーヌと侍女さんたち。

王城の離宮ひとつが丸ごと花嫁支度室になっていて、私たちは朝から準備に入っていた。入浴、エステから始まり、頭のてっぺんからつま先までをぬかりなく整えられた。念入りにお化粧を施していたらあっという間に夕方である。

「ありがとう。デル様もそう思ってくれたらいいのだけど……」

鏡に映る女性と目が合う。

——誰、これ？

地味な佐藤星奈はどこにもいない。そこに映っているのは、ぴかぴか艶々に仕上げられた眩《まぶ》しい花嫁だ。侍女さんたちが有能すぎる。

この日のために仕立てたドレスは深い群青色をしたマーメイドラインのものだ。日本では花嫁といえば純白のイメージだけど、ブラストマイセスにそういう慣習はない。

「セーナが着たいものを注文しなさい。わたしの衣装はセーナに合わせるから」とデル様が言ってくれたので、彼の瞳と同じ色を選んだ。

ドレスのデコルテは大きく開いているものの、繊細なレースによって清楚な印象に。ウエストはくびれを意識した設計で、膝上からエレガントに裾が広がる。全体にちりばめられた細かな宝石がきらきらと輝き華やかだ。

ドレスに合わせて髪はゆるくハーフアップにし、青い薔薇《ばら》を添えている。アクセサリー類はデル様のお母様が使っていたものからゴールドのネックレスとペリドットのイヤリングをお借りした。

婚約が決まってからすぐに採寸してもらい、ロシナアムと一緒にデザインを考えたドレスだ。ファッションに疎い私に代わって彼女があれこれ提案してくれたことが懐かしい。

……ロシナアムは元気かしら？　樹海の奥でヘルに張り付いているから、半年ほど会えていない。

この姿、見てほしかったな。……お母さんとお姉ちゃんにも。

ふと家族のことを思い出す。

一生に一度の結婚式。きっとふたりが見たらすごく喜んでくれたと思う。それに私もお姉ちゃんのウエディングドレス姿を見たかった。……もう叶わないことだけれどね。

ちょっとしんみりしてしまう。

「本当にお美しいですよ。陛下が見たらお外に出していただけないかもしれないですね」

心の内を知ってか知らずか、ジョゼリーヌがぽんぽんと顔に粉をはたきながら明るい声を上げる。

「ジョゼリーヌったら！　こんなに綺麗にしてくれて嬉しいけれど、デル様のほうが圧倒的に美しいのは揺るぎないわ。元の素材が違うもの」

「いえ、セーナ様も十分元はよろしいですよ。感じてらっしゃるほど厚くお化粧はしてませんもの」

そうは言ってくれるものの、自分の顔は自分が一番よく理解しているつもりだ。隣に並んだとて観衆の視線は麗しの魔王様にくぎ付けに決まっている。

でも、それは別にいい。むしろ歓迎だ。なにしろデル様は体調の関係もあって普段大衆の面前に出ないので、今日はみんなに彼の良さを知ってもらういい機会だから。

そんなことを考えていると、控室のドアがコンコンと控えめにノックされた。

「セーナ。準備はどうだ？」

「デル様！　ええと、最後の仕上げをしているところです」

「あらあら陛下ったら。待ちきれなかったのですね。はい、こちらで準備完了です」

ジョゼリーヌの言葉を受けてデル様を呼び入れる。普段の私とはあまりにかけ離れた姿だから、本番前にチェックしてもらおう。

ドアが開き、身支度を終えたデル様が姿を現す。

か、かっこいい……っっ！

神々しさすら感じる美しさにぐっと胸が詰まった。

身に着けているのはこのために特注した純白の騎士服だ。胸には赤いリボンで留められた数えきれないほどの勲章が光り輝き、ウエストの高い位置を革のベルトでマークしている。左肩には金色の刺繍《ししゅう》が施された群青色のマントがかけられ、飾緒で右側と繋がっている。彼の長い手足と圧倒的な美貌が余すところなく活《い》かされた端厳な衣装だ。

お顔は言わずもがな、だ。彼は化粧なんてしていないはずなのに、そのままで十二分に華がある。凛々しい黄金比のお顔に切れ長の瞳。私と目が合うと熱々のチョコレートみたいにふにゃりと笑ってくれた。

デザイナーさん、グッジョブよ！

心の中でグッと親指を立てる。こんなに素晴らしい彼を見ることができたので非常に満足だ。今日はこれで解散してもいいかもしれない。

「とても綺麗だ。わたしの色をまとうセーナはいつも以上に美しい」

長い脚ですたすたと距離を詰めるデル様。あっという間に私の隣まで到達し、膝を折った彼は私の右手に唇を落とした。かあっと顔に熱が集まる。

「で、デル様」

「こんなに可憐《かれん》なそなたを表に出したくない。わたし以外の男に見られると思うと心がどうにかなってしまいそうだ」

立ち上がった彼に強く抱きしめられる。

「……デル様も、とても格好いいです。こんな方が旦那様になるなんて夢心地ですが、現実なんですよね。私、あなたにふさわしいお妃になれるように精一杯頑張ります」

「セーナはそのままでいい。今のままで十分なんだ。……わたしは幸せ者だな。まさか自分がこんなにも素晴らしい結婚ができるとは思ってもみなかった」

彼の言葉に、熱いもので胸がいっぱいになる。式はこれからなのに泣くわけにはいかない。ぐっと眉間に力を入れて感涙を堪える。

私だって、異世界でこんなに素敵な魔王様と結婚するなんて予想もしていなかった。出会ったころのデル様はとにかく虚弱で、なにかと倒れていた印象が強い。私は薬師として彼を看病していただけで、彼と結ばれる未来なんてこれっぽっちも頭になかった。セナマイシンを取りに日本へ戻ることになり、初めて彼への気持ちを自覚したくらいだったのだから。

それから10年の時を経て奇跡的に想いが通じ、今日という日に至る。ずっと私のことを想い続けてくれたデル様のおかげとしか言いようがない。

　ここまでにはいくつもの奇跡と偶然があった。運命のいたずら、という言葉は実に非科学的だけれど悪くない。愛というものにはまだまだ未知なる感情が詰まっている。デル様と共に過ごしながらひとつひとつ見つけていきたい。

　彼の身体をひしと抱きしめ返し、幸せを噛みしめる。

「……お邪魔して申し訳ありません。そろそろお時間です」

　遠慮がちなジョゼリーヌのアナウンス。

「……もっとこうしていたかったが残念だ。セーナ、行こう」

「はい、デル様」

　デル様が差し出した腕にそっと自分の手を預ける。互いにひとつ微笑みを交わし、私たちは国民が待つお披露目の場へ向かう。

　離宮を出ると、夕暮れと夜の始まりの間のような空模様。黄昏《たそがれ》の地平線は茜色《あかねいろ》と蒼《そう》黒《こく》がぼんやりとグラデーションを作っている。

　刺すような寒さが全身を襲ったものの、一瞬で暖かくなる。目に見えない膜で覆われているような感覚だ。不思議に思って隣を見上げるとデル様が涼やかに笑った。

「火と風の魔法の応用だ」

「こんなこともできるんですね！　ありがとうございます。でも、魔法を使ってお身体は平気ですか？」

「この程度なら問題ない」

離宮から中庭を通り、城門の外に設置されたステージに出る段取りになっている。

夜空に大きな流れ星のような軌跡が見える。ドラゴンやペガサスがじゃれ合うように翔《か》け回っていた。

別の方角に視線を向けると、鮮紅に燃える鳥が長い尾をきらめかせて飛んでいる。変則的な飛び方を怪訝に思っていると、祝福のメッセージを描いてくれているのだと気が付いた。

「デル様あそこ！　すごいですよ。お祝いの文字が！」

彼は私が指差す先の空を見上げると、感嘆の息を漏らした。

「魔王の婚姻には不死鳥が祝福に訪れると聞いていたが、本当だったのだな」

「あれが不死鳥なのですね……」

不死鳥も魔族だけれど、滅多に姿を現さない貴重な種族らしい。

神々しい祝福の文字が彗星《すいせい》のごとく夜空いっぱいに広がる。それは城門の向こうにいる観衆たちの視界にも当然入っていて、わあっと大きな歓声が上がる。

不死鳥の祝福をもらったのち再び城門に向かって歩き始める。護衛の騎士たちが持つ灯りに先導され、タイトなドレスとピンヒールで転ばないようにゆっくりと地を踏む。

「………セーナ」

気遣わしげなデル様の声。私の足元ではなく、明らかに別のものを気にする緊張を帯びた声だった。

「……ロシナアムですか？」

「そうだ」

短いやりとりで事態を把握する。

ロシナアムからデル様に念話が入った。それはつまりヘルが動きを見せたということだ。周囲の騎士たちの顔にも緊張が走る。

「私は大丈夫です。覚悟する時間は十分にありましたから」

実は、ヘルがテヌイスの拠点を出て王都へ向かっているようだという連絡は数日前に入っていた。今の連絡は会場付近まで到達したというものだ。

やはり彼女は私たちにとって特別な日を狙いにきた。

一生に一度の日を邪魔されるのは悲しいけれど、逆に言えばヘルを捕らえるまたとない好機でもある。迎え討つ準備は万端だ。

城門が近づくにつれて観衆の喧騒《けんそう》が大きくなる。盛り上がっている空気感が肌に直接伝わってきて、緊張の中にも思わず笑みがこぼれる。

式を夜の時間帯にしたのは私の希望だ。夜の切なく幻想的な雰囲気が好きだから。

ブラストマイセスの降ってきそうな星空を背景に、橙に揺れる夢幻的な魔術具の灯り。来場者には1杯の果実酒かジュースが無料で配られる。厳重な警備の中にあっても、来てくれた皆さんにはちょっとしたお祭りのような楽しさを味わってもらいたかった。デル様のアイデアで、この飲み物には軽い防御魔法がかけられている。ヘルの襲撃を想定した対策だ。

城門まで辿り着くと外側にいるガリニスさんが声を張り上げる。

「偉大なるブラストマイセス王国を統べるデルマティティディス国王陛下、および英知と慈愛の薬師、セーナ様の御入場！」

な、なによその紹介……っ！

聞いていない。打ち合わせにそんな恥ずかしい冠言葉はなかったはずだ。抗議したい気持ちでいっぱいになるけれど、城門が開き始めたので急いで顔に笑顔を張り付ける。

ゆっくりと開いていく門の隙間からたくさんの顔が目に入る。みな一様に嬉しそうな表情をしている。

音が遠くなり不思議な静寂に包まれた。

――――――わあっ!!

『陛下！　王妃様！』『おめでとうございま～す!!』『おふたりともなんて美しいのかしら……』『疫病の薬、ありがとうなーっ』『お幸せに！』

耳を打ち破るような歓喜の声。急に聴力が戻って圧倒される。

デル様に導かれ、色とりどりの花樹で飾られたステージに進む。お城は小高い丘の上にあり、眼下は観衆で埋め尽くされている。見渡す限り——ほんとうに見渡す限りいっぱいに国民が来てくれていた。

今夜限りは無礼講。陽気な貴族は平民に入り交じり腕を組んでステップを踏む。酒の入ったグラスを突き上げ、思い思いに祝福の言葉を叫ぶ。

「こんなに多くの民が来てくれるとは。正直驚いた」

手を振って歓声に応えつつ、ぽつりと呟くデル様。

「デル様の信望ですよ。魔族も人間も、貴族も平民も。皆ひとつになって集ってくれている。とても美しい光景です」

私もあちこちに手を振りながら答える。会話をしても歓声にかき消されてしまうので、誰かに聞こえることはない。冬だというのに王城一帯は熱気に包まれて暑いくらいだ。

デル様が目指す、魔族と人間が手を取り合い家族の笑顔が溢れる国。その想いは確実に芽吹いているように思えた。

「では！　さっそくですが、国民の皆様の前で婚姻の儀を執り行います！」

ステージ脇で再び声を張るガリニスさん。

婚姻の儀、なんて大層な名前がついているけれど要は婚姻届の記入だ。

デル様がどこからともなく大きな羽ペンを取り出し、宙にさらさらとサインを書く。マントの裏から短刀を取り出し、指を切って血判を押した。

次は私の番だ。デル様から受け取ったペンで彼の名前の隣に佐藤星奈とサインをする。デル様が私の手を取り親指に小さく傷をつける。ぎゅっと血を絞り出して血判を押した。

途端、ふたつのサインと血判が虹色にまばゆく光り出す。宝石の欠片《かけら》を散らしたようにきらきらとした光が観衆の頭上に降り注ぐ。

再び大きな歓声が上がる。

『祝福だ！』『なんて幻想的なのかしら！』『天に愛された国、ブラストマイセス！』

観衆の盛り上がりはピークに達していた。

私たちの婚姻書は光の収束とともに空に消えていく。今この瞬間、私はデル様の妻となり、ブラストマイセス王国の初代王妃となったのだ。

「セーナ・レイ・ハデス・ブラストマイセス王妃の誕生です！」

ガリニスさんが高らかに宣言をする。

歓声と共に天から花びらが舞い落ちる。新鮮な花の甘い香りが会場に広がり、小さな蝶々たちが姿を現す。花畑の中にでもいるような夢心地だ。

あとは誓いのキスをしておしまいね……。

ここまで邪魔は入らなかった。無事に入籍を済ませることができて少しほっとしたそのとき――――。

「きゃっ！」

「痛っ！　急に押すんじゃねえよ！」

ステージ近くの観客からざわめきと悲鳴が上がる。ほとんど同時に黒いマントと灰色のローブが宙に翻り、黒い剣がぎらりと光った。

剣を振りかぶり、観衆の中から飛び掛かってきたのは。

ヘル・ヘスティア――――！

もちろん顔なんて知らない。けれど不思議と確信があった。フードから覗く金色の瞳は憎悪に染まっている。

あっという間の出来事だった。ヘルがステージの死角から飛び出すコンマ何秒かの間に私たちの足元が光る。事前に描いておいた魔法陣が発動した。

デル様が素早く抜剣し額の前でヘルの剣を受ける。ぐぐ、と黒い剣が押し込まれ、2打目を繰り出す動きを見せたところでぐにゃりと視界が歪む。足元が崩れて重力がめちゃくちゃになる。

魔法陣の光が私たちを呑み込み、観衆の悲鳴がどんどん遠ざかる。

ぐっと目をつむり堪えること数秒。地に足がついた感覚に安堵して目を開ける。

――私たちは冥界に転移していた。

2

私とデル様、ガリニスさんとライで話し合った、あの会議の日――。

「ヘルが仕掛けてきた場合、式の会場でやり合うことは危険であります。大勢の観客が来場しますので、下手をすれば国民に被害が及びます。それは避けねばなりませぬ」

警備計画に目を落として難しい顔をするガリニスさん。

「そうだな。民の前で交戦することは避けたい。……ああ、そうだ。であれば冥界に転移させるか。あそこなら生者がおらず土地も広い」

冥界には4つの扉があったけれど、それぞれの扉は並行する4つの世界の長が守護している。デル様の管轄地内であれば自己責任でなにをしてもいいのだという。

「ヘルは必ず魔剣を携帯しているはずだ。魔剣に反応して起動する魔法陣を敷いておこう。やつが仕掛けてくると同時に冥界へ転移できるようなものを」

「それは妙案ですね！」

デル様が言うには、人の多い会場で派手に立ち回ることはヘルにとって効率が悪い。一連の事件で彼女は無差別に殺戮をしているのではなく、魔王関係者や邪魔をする騎士たちだけを殺しており、無関係な国民には手を出していないからだ。

矢が届くような高い建物や木も付近にないことから、きっと魔剣で直接狙ってくるだろうとデル様は言った。そこに転移の魔法陣という罠《わな》を仕掛けるわけだ。

自分たち以外が狙われる可能性もある。ヘルの標的となりうる者にはステージ近くに特別席を設け、魔法陣の効果範囲に入れることになった。

「冥界に転移した後はどうしましょう」

「ヘルは手練れのうえ不死身の可能性が高い。ロシナアムの報告では外部との接触はなく仲間がいる可能性は低いが、もし頭数を揃えてきたならば、まずそやつらを倒してからじっくり対峙《たいじ》するのがよかろう」

そこまで言って、デル様はガリニスさんとライに視線を向ける。

「ガリニスとライ、および第1騎士団隊長はわたしたちと共に冥界へ行く。残りの団員は国民の警護に充てろ」

「御意っ！」

「分かりました。隊長のオリゼに伝えます」

ライが頷く。

「冥界は安全ですけど、あの砂漠みたいなところだと少しやりづらいですね。武器を隠す場所もないですし、足場も悪いし……。デル様、砂漠の中に石造りの建物を作っていただくことはできますか？」

開発した武器を有効に使うにあたって、そのような建物があるとありがたかった。

「もちろんだ。どんな建物だ？」

「私としては、石造りで屋上があり、天井と壁に配管を通せるゆとりがあればいいです。

広さや間取りは騎士団の方々が戦いやすいように決めてください」

「それがし共としては、部屋数は少ないほうがよいですな。あちこち逃げ回られると面倒です。広さ高さを踏まえると、城の大広間ほどの部屋が２つあれば丁度よいかと」

「ではそのように取り計らおう」

デル様はさっそく今の内容を宰相さんに念話で飛ばした。

「お願いします。その建物に武器を設置しておきましょう。転移の着地先もそこにしていただけると助かります」

◇

なにひとつ遮るもののない冥界砂漠。月や星のない空は相変わらず薄気味の悪い暗色をしている。

延々と続く砂丘のなかには死者を迎える巨大な扉が４つ。

そのうちのひとつ、黒い扉の近くにぽつんと異様な建物が佇んでいる。扉と同色の重厚な石で造られたそれに窓はない。その外見から、建物というよりは巨大な立方体のオブジェといったほうが的確かもしれない。

そんな建物の内部で、私たちは襲撃者と対峙していた。

「そなたがヘル・ヘスティアか？」

デル様の低い声が部屋に冷たく響いた。

「……そうだ」

ヘルは姿勢よく立ち、高くも低くもない声で答える。灰色のローブを着用し目深にフードを被《かぶ》っている。背には黒いマントが揺れ、腰元のサッシュには剣が光る。

背丈は170㎝ほど。細身であるにも関わらず、彼女は圧倒的な覇気を持っていた。存在感だけで言えばデル様にも匹敵するような圧だ。

これが異界からの召喚者であり騎士団を創設した初代騎士団長、ヘル・ヘスティア。フードの下から金色の仄暗い目がちらりと見え、その鋭さに心臓がきゅっと縮み上がる。私にもわかる強い殺気だ。嫌な汗が背に滲む。

しかし、両隣にいるデル様とガリニスさん、ライ、小隊長のオリゼさんは真剣ながらも力みのない表情だ。踏んできた場数が違うのだろう。

「……色々と尋ねたいことはあるが。まずは儀式妨害、国王暗殺未遂の現行犯で捕縛させてもらう」

デル様の静かな言葉と同時に、騎士団の３人は雄叫《おたけ》びを上げながら斬りかかる。

静と動の急な切り替わりに鼓膜が破けそうになる。思わず膝がカクッとなったところで誰かに抱き留められた。

「あ、すみませ――」

「セーナ様！　こんなところに来て大丈夫ですの？」

「えっ、ああっ、ロシナアムじゃないの！」

覗き込むようにしている人物は、ピンクの髪に赤い瞳。生意気な有能侍女ロシナアムだった。

彼女はメイド服ではなくぴっちりとしたボディスーツを着ていて、太腿《ふともも》や二の腕に巻かれた革ベルトには多数の暗器が付いている。アサシンとしての装いだ。

「大丈夫よロシナアム。聞いていると思うけど、作戦があるの。ロシナアムこそ長い間張り込んでいて大丈夫だった？　前より随分痩せたわよ。ごめんね、あなたのこと気になっていたんだけれど、上手く念話が飛ばせないから連絡できなくて」

体型の変化だけでなく以前より目つきも鋭くなっている。長い間厳しい環境にいると人相まで変わってしまうものなのか。アサシンが本業とはいえ心配になってしまう。

思わず彼女の頬を触ると、ぱっと顔を背けられてしまった。

「だ、大丈夫ですわ。これがわたくしの本職ですもの！　ますますスタイルが良くなってしまって申し訳ないですわっ！　それよりまだ念話が使いこなせないんですの？　いい加減陛下以外にもきちんと送れるようになってくださいませ。王妃殿下が誤送信ばかりでは格好がつきませんことよ！」

ロシナアムの耳に朱がさす。ツンデレなところは相変わらずなようでほっとした。

現場に目を戻すと激しく交戦中だ。

騎士団の実力者3人を相手にしているのに、ヘルはどこか余裕だった。剣だけでなく、蹴りや肘打ちなども駆使して応戦している。――強い。

「……あっ！」

ヘルの回し蹴りがオリゼさんに直撃し、彼女は床に尻もちをついた。素早く立ち上がろうとした刹那。ヘルは口角を上げ、魔剣が不気味に輝いた気がした。

目にもとまらぬ速さで魔剣が一閃《いっせん》する。何が起こったのかと刮目《かつもく》していると、一拍遅れてオリゼさんの胸から血飛沫《ちしぶき》が上がった。

「うあああああっ!!」

断末魔のような苦痛に満ちた叫び声。その声と、胸から吹き出す血液の量とで、私は無意識に絶望を感じていた。

激しい動揺でぐっと息が詰まる。目を疑うような光景は続いた。

仰向けに倒れたオリゼさん。その傷口からみるみる黒い靄が広がり全身を覆う。それはやがて魔剣へと立ち昇り、同時に彼女の皮膚は萎縮し張りや水分を失っていく。まるで剣にエネルギーを吸い取られているかのようだった。

オリゼさんは、真っ黒なミイラのような姿で絶命した。

「……これが魔剣か」

ライの悔しそうな呟きではっと意識が引き戻される。そうだ、オリゼさんは魔族だわ。魔剣で斬られると生気を吸い取られて死んでしまうのね……。

変わり果てた亡骸《なきがら》を前にして、私は浅く呼吸をするばかりだった。

「陛下はお下がりを」

無言で1歩前に出たデル様をガリニスさんが制止する。

「団長、援護してくれ。魔剣とはいえ、人間にとってはただの剣だろう。俺が相手をする」

「頼みますぞ、ライ」

言うなりガリニスさんの身体が光をまとい、ひとつ瞬きをする間に大きな蛇の姿に変化していた。大きく口を開いて咆哮《ほうこう》すれば、建物と鼓膜がびりびりと震えた。

「がっ、ガリニスさん……!?」

真っ黒な鱗を持つ巨体に大木ほどもある腕。鉤爪《かぎづめ》は震えあがるほど鋭く、荒い鼻息だけで私の身体は吹き飛んでしまいそうだ。

言葉を失う私にロシナアムが反応する。

「リヴァイアサンですわ。ガリニス団長が魔物の姿に戻られたのです」

それはつまり、力のリミッターを外したということ。魔族は本来の姿になることで自身の能力を最大限に発揮できる。

「ほう。幻魔リヴァイアサンか。懐かしいな、かつて討伐に出たことがあった」

ヘルはどこか遠い目をして呟いた。しかし、躍り出たライの斬撃によってその表情はすぐに消える。

ライが雨のように打撃を浴びせ、後ろからガリニスさんが炎を吐いて援護する。騎士団の最大戦力と言ってもいいだろう。

――しかし、状況は芳しくなかった。3人を相手にしたときでさえ余裕を漂わせていたヘル。ガリニスさんがリヴァイアサンに戻ったことなど関係ないとでも言わんばかりの身のこなしだ。

ライは汗を飛ばしながらヘルを攻撃する。しかし白い騎士服の腕にはところどころ赤が滲んでいて、切り傷を負っているようだった。ガリニスさんがヘルの動きを先読みして炎を吐くけれど、その動きすら読まれていて黒いマントで防御されてしまう。

こちらの劣勢は明らかだった。

とうとうヘルはライの剣を跳ね飛ばした。大きく跳躍して軽やかにリヴァイアサンの身体を駆け上る。尾を振って振り落とそうとするガリニスさんを嘲笑《あざわら》い、胴体の中心部にきたところで魔剣を振り上げた。ああ、まずい――――！

「ヘル・ヘスティア。わたしと話をしないか」

ぴたり、とヘルの腕が止まる。

デル様の声は決して大きくはなかったけれど、朗々としていてよく響いた。

ヘルはつまらなそうに息を吐き、魔剣を下ろした。

「……もう終いか」

トン、と床に飛び降りてデル様と対峙する。

その後ろでライは崩れるようにして床に膝をつき、ガリニスさんは人間の姿に戻った。

ふたりの肩は大きく上下し、激しく消耗しているようだった。

「ガリニスにライ。ご苦労であった。そなたらはオリゼを連れて扉の外で待機せよ」

「「…………はっ」」

ふたりは小さく返事をして、オリゼさんの遺体と共に部屋を出た。

ヘルに捕まる気はない。そして、ガリニスさんとライでは彼女に敵わない。デル様は次の段階に進むことを決めたのだ。

「ロシナアムも外で待っていてくれる？」

「……大丈夫なんですの？」

「うん。作戦があるから」

憂色を浮かべるロシナアムに小声で返事をする。

「分かりましたわ。くれぐれもご無理はしないでくださいませ」

こちらをちらりと振り返りつつ、彼女は金属製の重厚なドアの向こうに消えていった。

デル様と軽く目線を交わし頷く。

私はドレスを直すふりをして、胸元に仕込んでおいた小さなボタンを押した。

3

ボタンを押すと同時に天井から微かな音が流れ始める。それを誤魔化すようにデル様が言葉を被せた。

「ヘル・ヘスティアよ。念のため尋ねるが、投降する気はないか」

「ハッ！　今更何を言い出すのかと思ったら。汝《なんじ》の部下など相手にならないことを目の当たりにしたばかりではないか。今から殺してやってもよいのだぞ」

ヘルは恐ろしいほどに強かった。騎士団のトップふたりがまるで子供に見えるほどに。

戦闘によって被っていたフードは頭の後ろに落ち、暗赤色の髪が露出している。魔剣を脚の中央につき仁王立ちする姿は、まるで軍神のように見えた。

ずっと小刻みに震えている私とは対照的に、デル様に動揺はない。

「……そなたの目的は何だ？　110年前の戦乱での毒矢に始まり、ロイゼ王子の件や毒菓子、市井や魔族領での殺害事件も全てそなたの仕業であろう。調べはついているのだ、言い逃れできると思わないことだ」

「ふん。魔王というのはどれも自分勝手な痴《し》れ者《もの》だな。この世の全てが自分のものだと勘違いしている。反吐《へど》が出るわ」

実際、彼女はひどく歪んだ顔をして床に唾を吐きつけた。

心底つまらないといった顔で冷え冷えとヘルを見つめるデル様。

「教えてやろう。もう2度と汝と顔を合わせることもないだろうから」

彼女は薄ら笑いを浮かべた。

「我は汝の祖父に辱められたのだ。愛した男と結婚する前日に突然この世界へ召喚され、ペリキュローザに囚《とら》われた。役目を終えて死してなおやつは我に執着し、この世界に連れ戻した。そして愛玩動物のように囲い弄んだのち勝手に死んだ」

どうだおまえの祖父は最低だろうと彼女は言った。

「恨まれても仕方がないだろう？　身勝手な祖父の失態を子孫が償うのは当然のこと。汝もトリコイデスも我を責める資格などない。魔王が幸せになるなどあってはならないことだ」

ヘルの独白は、私たちが推測していたものと大きく外れていなかった。一連の犯行動機はペリキュローザ様、ひいては魔王一族への恨みだったのだ。

女だてらに抜きんでた腕を持ち、愛する婚約者もいた。彼女の伸びた背筋と凜《りん》とした佇まい、無関係な国民は手に掛けないという特徴からは騎士だったころの名残が感じられる。本来のヘルは勇猛果敢で清廉な人物だったのだろうと。

それが突然この世界に連れてこられ、魔王にいいようにされた。あげく不老不死の身となり望まない生を500年も過ごしている。どんなに気丈夫な人物であっても精神に不調をきたすだろう。恨みを晴らすことに固執したっておかしくない。

少しだけ彼女に同情した。

終始どこか楽しげなヘルは自身のマントに手をかける。

「汝の父はよいマントになったぞ。汝はもっと魔力があるな。大盾にでもしてやろうか」

そう言って彼女はうっそりと漆黒のマントを撫でた。

聞き捨てならない台詞があった。

「……デル様のお父様がマント？　どういうこと」

「ああ、もしかして妃は知らぬのか？　このマントはそこの魔王の父、トリコイデスを斬殺して作ったものだ。あやつの無駄に美しい髪を織ってな」

全身の毛が逆立つような感覚を覚えた。

はっとデル様を見上げると、彼はなんの色も浮かべていなかった。ひどく冷たい視線を彼女に向け、まるでゴミでも見ているかのように無表情だった。

——私は悟った。彼は知っていたのだと。胸が張り裂けそうだった。

「汝を殺せば魔王の血は絶える。我はそれが楽しみで仕方がない。さあ、どのような苦痛を味わわせてやろうか。死に方の希望があるなら聞いてやってもよいぞ」

今日の夜ごはんは何がいい？　希望を聞きましょう。そのくらい軽い調子でヘルはデル様に挑戦的な目を向ける。

「……わたしを殺した後、そなたはどうするつもりだ」

デル様の静かな問いに、ヘルは虚を突かれたような表情になる。

デル様は粛々と続けた。

「そなたは不老不死。魔王の血が絶えれば恨みを晴らす相手はいなくなる。つまり生きる意味もなくなるだろう」

ぎり、と歯ぎしりする音が嫌に耳に響いた。

「そなたはひとを殺す一方で、誰かに殺されたいと思っていたのではないか？」

デル様が言い募ると、ヘルの身体がびくりと大きく揺れた。

長い沈黙が無機質な部屋を支配する。

ヘルの目は限界まで開かれ真っ赤に血走っていた。自分の中に渦巻く様々な感情を抑え込んでいるように見えた。

沈黙を破ったのはデル様だった。

「どのような理由があったにせよ、そなたの行いは到底看過できるものではない。……しかしながら、そなたが被害者であるということもまた事実だ」

そこまで言って彼は小さく息を吐いた。その些細な動作に、なぜかひどく嫌な予感がした。

「――ヘルよ。祖父の無礼の詫《わ》びとして一撃だけ攻撃を受けよう。首を狙うもよし、心臓を一突きにするもよし。そなたの好きにすればよい。しかし一撃ののち、わたしはそなたを容赦なく断罪する」

……………えっ？

「で、デル様、なにを言ってるんですか」

事前の打ち合わせにはなかった展開だ。少なくとも私は聞いていない。ガリニスさんが了承しているとも思えない。

「言ってる意味わかってますか⁉　ヘルの選択次第で死ぬってことですよ⁉」

デル様の両腕を摑んでぐらぐらと揺さぶる。

死ぬ？　デル様が？　そんなこと絶対だめだ！

デル様は私から目を逸らし冷たい床を見た。長い睫毛が彼の顔に影を落とす。

彼が私から顔を背けたことなど今までただの一度もなかった。およそ彼らしくない行為に心臓がぶるぶると震えだす。

「なにそれ……？」

「……セーナ、すまない。しかしこれは魔王としての責務だ。祖父は私利私欲のために法を犯し、罪を償うこともなく全てを隠したまま亡くなった。だからどこかで落とし前をつけなければいけない。ヘルは許されないことをしたが、被害者でもある。こちらの罪を償わずして彼女の罪を問うことは、わたしにはできない」

「でも……だからって！　デル様がひとりで背負うことないです！　他にやり方はあるんじゃないですか⁉　デル様は真面目すぎます！」

「わたしは正しい王でありたいと思っている。仮にここで有耶無耶《うやむや》にしたとして、今後民にどのような顔向けができようか。身内の罪は揉《も》み消《け》して他人の罪は平気で裁く。ブラストマイセスをそんな汚れた国にしたくない」

ペリキュローザ様の罪をデル様が引き受ける。これが彼なりの誠意の見せ方であり、ヘルが500年余り味わってきた苦痛への責任の取り方なのだ。

デル様の気持ちはわかる。わかるけど――！

理解はできるけれど、同意は一切できない。これは単純なことではない。相手は魔物に致命傷を与える魔剣を持っている。オリゼさんは魔剣に生気を吸い取られ、無残な姿で死んでしまったではないか。

「わたしは魔王だ。そして父上よりも魔力がある。たとえ魔剣の斬撃であってもそう簡単にはやられない。心の臓が破れても、この身を貫かれてもだ」

でも……いくら魔王が魔物の中で別格だとしたって、今のデル様は本調子ではない。万が一ということも十分あり得るのではないか。

「それに冥界の守護者でもある。何かあっても、どうとでもなることだ」

穏やかな口調だけれど、そこには彼の固い決意が滲み出ていた。もはや私に入り込む余地がないことを突き付けられて、足元がぐらりと傾いた気がした。

言いたいことは山のようにあるのに、喉が絞まって声が出なかった。

怒り、戸惑い。あらゆる感情が私の中に渦巻き溢れていく。言葉は出ないのに彼の腕を掴む手にはあり得ないぐらいの力が入った。

「痴話《ちわ》喧嘩《げんか》はそれぐらいにしておくれ」

嘲るような声が響く。ヘルは自分を取り戻していた。

「我はそこの魔王の提案を呑むことにする。一撃で汝の首を刎ね飛ばし、積年の恨みを晴らしてくれようぞ！」

あははははは！　と、なにかが吹っ切れたように高笑いするヘル。ゆっくりと腰に佩《は》いた魔剣を抜き、一歩一歩距離を詰め始める。

興奮しているのか瞳孔は開き、悪魔のように歪んだ笑みを浮かべている。彼女が思考を放棄したことが伝わってきた。

まずい、ほんとうに殺《や》る目つきをしているわ。このままではデル様が死んでしまう。どうしたら……どうしたらいいの……。

奥歯がカチカチと鳴り始める。

「で、デル様、だめです……だめ………」

この腕を離したら彼は死に向かってしまう。掴む手にぐっと力を込めて彼を見上げる。深い青色の瞳は一瞬だけ私を優しく見つめた。

刹那。デル様は私の身体をいとも簡単に振り払い、そのまま背中で庇《かば》うように立った。

4

そこからは全てがスローモーションのように見えた。

剣をとらず丸腰のまま私の前に立ちはだかるデル様。

顔の横に剣を構え、歓喜の雄叫びを上げながら走り迫るヘル。

デル様まであと数メートルというところで、自分の足がバネのように動く。彼を死なせてはいけない。卑怯《ひきょう》だとなじられようが構わない。代わりに私がやられるほうがましだ。

もとよりデル様と添い遂げるために得た永遠の命。彼のために使えるのなら望むところだ。

ヘルが大きく振りかぶったところで躍り出る。力の限り固い床を蹴り上げる。

1歩、2歩――――。

「馬鹿っ、戻れセーナ――――」

デル様が私の名前を呼んでいるような気がした。

振りかぶった彼女の両手が、剣を薙《な》ごうと勢いをつける。

今だ！

ヘルの腹部めがけて頭から飛び込んだ。

「ぐうっ………！」

鈍い声と共に酸い臭いが鼻を突く。ヘルは僅かな間は持ちこたえたものの、ぐらりと後ろへ体勢を崩した。

私が頭突きを食らわせたことにより、本来狙っていたであろう軌道からは大きく逸れて魔剣は宙を飛ぶ。私はヘルを下敷きにする形で倒れ込んだ。

「痛っ！」

床に打ち付けた右腕に激痛が走る。痛覚をきっかけに時間の流れが蘇った。

心臓が破裂しそうなくらいバクバク言っている。これでデル様の最悪の事態は免れたはずだ。私に邪魔されようが確かに彼女は剣を振り飛ばした。一撃は一撃だ。

ヘルの身体を突き離し、身をよじってごろりと横に身を起こす。怒った彼女に攻撃されるかもしれない。早く距離をとらないと危険だ。

ふと向けた目線の先に、なにかが転がっていた。

冷たい石造りの床に落ちているのは、場違いに美しい琥珀色の欠片。

「え？」

ひゅっと喉が鳴る。この琥珀は床にあるようなものではないはずだ。

鋭利な刃物で一閃されたように滑らかな切断面。

「あ、あっ、あ……っ？」

上手く空気が吸えない。これは……どう見てもデル様の角だ。

ぎこちない動きで振り返る。

「そ、そんな」

顔を下に向け片膝をつくデル様。彼の頭に燦然《さんぜん》と輝いていた琥珀の双頂は、その右側が根元からなくなっていた。彼の少し後ろには淡く光る魔剣が落ちている。

「でっ、で、デル様。まさか角に当たったんですか」

「……ッ、わたしは大丈夫だ……」

膝に手を当ててゆらりと立ち上がるデル様。玉のような汗が額に滲み苦悶《くもん》の表情を浮かべている。髪をかきあげる手は震え、顔色も蒼白だ。

絶対に大丈夫ではない。角はとても敏感な部位だったはずだ。斬り落とされて平気なはずがない。

湧きあがる涙。滲む視界に転がるデル様の角。痛む腕を押さえつつ丁寧に拾い上げて彼のもとへ駆け戻る。

「デル様っ！」

「少し痛むが……これくらい耐えられる。……それよりそなたの頭突きは見事であったな。……身体は平気か……？」

こんなときでも私のことを心配するデル様。悲しみと一抹の怒りで気持ちがぐちゃぐちゃになる。

「無理してしゃべらなくていいですから！　すぐガリニスさんとライを呼んできます！」

「いや……いらない」

そうは言っても彼は明らかに体調を崩している。ずっと彼の薬師をしているからわかる。すぐに帰って治療すべきだ。助けを呼ぼうとドアに向かった私の前に、いつの間に起き上がったのかヘルが立ちはだかる。

「妃は随分とお転婆なのだな……？　邪魔したことは卑怯だが、結果的に死よりも恥辱的な思いをさせることができたようだ。その功績に免じて汝の無礼は目溢《めこぼ》ししてやろう」

ヘルは粗雑に私の顎を摑み、鼻の先が触れそうなほど顔を近づけた。そのままふうっと長い息を私の顔に吐きかける。

「う……っ」

彼女の吐息は淀《よど》んだ香りがした。思わず吐き気を催した私を、彼女は金色の瞳でひどく愉快げに見下ろした。嫌悪感から生理的な涙が浮かぶ。

苦痛に歪んだ顔に満足したのか、乱暴に突き離された。

「助けを呼ぼうなど許さない。我が剣の切れ味、もう少し楽しませてくれるのだろう？」

「っ、穢らわしい手でセーナに触るな。わたしが許可した一撃はもう終わったぞ。そなたこそ生きて帰れると思うな。ここ冥界がおまえの墓場となることを心に刻め。――セーナ、作戦を続行するぞ」

大粒の汗を流しながらもデル様の目はらんらんと光っている。もう容赦はしないようだ。

ほんとうは今すぐ帰城して治療を受けてほしい。しかし彼の表情や動きからは、自らの手で決着を付けたいという気迫が伝わってくる。私は頷くしかなかった。

ヘルのほうへ向き直った彼は一気に殺気を膨らませた。蒼白な顔に獰猛な表情をたたえ、心底彼女が憎いといったように目を細める。

「もはや生きて帰ることは叶わぬ。そなたに殺された者の苦しみを味わうがいい」

デル様が剣を抜いた。

「ハッ！ 手負いの魔王がよく言うわ。望むところだ、愚か者め」

ヘルも魔剣を顔の前に構える。

私は邪魔にならないように壁の近くへ移動し、震える手で懐中時計を取り出した。

……そろそろ15分ね。

事前の実験では20分だったから、もう頃合いのはずだ。いや、先ほどから徐々にその予兆は出ている。彼女のおぼつかない足取り、焦点の合わない目、荒い息。

――リシンの毒ガスが、じわじわとヘルの身体を蝕んでいた。

5

天井に取り付けられた小さな突起物。そこから絶え間なく流入している猛毒リシンを含んだガスは、屋上にあるタンクから配管を通ってこの部屋に供給されている。

不死身といえど、身体の再生能力以上のダメージを受ければ苦痛を感じる。高濃度の毒ガスを浴び続ければ症状が出るのだ。もちろん事前実験を行って効果やガスの濃度は検証済みである。

……自分を被験体にしてリシンガスの効果を調べたと言ったら、デル様にひどく怒られたのよね。

絶対に心配されるとわかっていたので、彼に報告するかは大いに悩んだところだ。しかしこの武器を作戦に使う以上、効果の裏付けデータを出さないわけにはいかなかった。ちなみに私とデル様の周りには彼が風魔法で作った結界がある。私たちが毒ガスによって倒れることはない。

剣先で火花を散らすふたりを注視しながら、そのときを待つ。

毒が回っているにも関わらず、ヘルはふらつく足元で器用に重心を移動し、嵐のように打撃を浴びせている。王国最強のデル様とほとんど互角に打ち合っているように見えた。――もっとも彼は角を負傷した影響で体調は最悪だ。そうでなくともまだ病み上がりの身で、剣を振るうのは10分程度が限界だったはず。ほとんど気迫だけで対峙しているようなものだ。

デル様、どうかご無事で……。瞳に盛り上がる涙をごしごしと擦る。

ヘルは不死身だ。だから彼女に傷を与えることが目的ではなく、ひたすら攻撃をいなして毒ガスが身体に回る時間を稼いでいる。

彼女が生み出した負の連鎖。今ここで確実に断ち切らねばならない。

──そう思うのに。私はずっと胸にざわめきを感じていた。

結婚前夜にひとり知らない世界に召喚されたヘル。ペリキュローザ様に支配されながらも、押し付けられた職務を全うし騎士団を創設した。死してようやく解放されたと思ったら連れ戻され、尊厳を無視された扱いを受ける日々。

それから500年。いや、最初から彼女はひとりで戦っていた。私のように異世界で友人に恵まれ楽しく過ごしたわけではないのだろう。ずっとずっと、終わらない悪夢の中にいるのだ。

本来の彼女は強く聡明な女性だった。復讐が生きる目的になり、己を見失った今でもその片鱗《へんりん》を垣間《かいま》見《み》ることができるぐらいには。

彼女が創設した勇敢なる騎士団とその高潔な精神は脈々と受け継がれ、ブラストマイセスにもしっかりと息づいている。ヘルがガリニスさんやライと剣を交えていたとき、どこか楽しそうに見えたのは気のせいではないはずだ。

同じ召喚人なのに、こうも真逆の人生を送っている。運命とはなんて残酷なのだろう。私にとって、彼女の境遇は決して他人事ではなかった。

だから、来世こそは幸せになってほしい。たくさんの友人に囲まれ、好きなひとと結ばれてほしいと祈らずにはいられない。

私は自分でも気付かぬうちに、彼女のために涙を流していた。


そのときは突然やってきた。

「ぐうっ⁉」

突如、ヘルが胸を押さえて膝をつく。

「か……っ、はひゅっ、はひゅっ……？」

空気を取り込もうと必死で喘《あえ》ぐ。

しかし、いくら呼吸をしてもその青ざめた顔に血色が戻ることはない。弱った魚のようにだらしなく開かれた口元からは、つうと赤いものが流れる。

リシンガスにより、ついに彼女の身体が悲鳴を上げ始めたのだ。

「デル様！」

「っ、ああ！」

苦しげに蹲《うずくま》るヘル。デル様は最後の力を振り絞るようにして彼女のマントをはぎ取り、私たちはドアの向こうへと駆け抜けた。

廊下で待機していた3人と視線を交わす。私の顔を見て安堵し、デル様へ視線を移したライは大きく目を見開いた。

「へ、陛下!?」

「い、いかがなされたのか、これは……」

絶句するガリニスさんに、小さく悲鳴を上げるロシナアム。

みんなの気持ちは痛いほどわかる。デル様の象徴ともいえる美しい角が欠落しているのだから。デル様は膝からがくっと力が抜け、ガリニスさんとライが慌ててその身を受け止めた。

ドアを少し開いて中の様子をうかがう。ヘルは仰向けになり荒く胸を上下させている。光のない目でぼんやりと天井を見上げていた。

「…………っ」

強い衝動に駆られた。

「ちょっと待っててください！」

引き留める3人を置いて素早く室内に戻る。

力なく床に転がる彼女は、傍らに佇む私を認めると自嘲の笑みを浮かべた。

「……どのような手を使ったのかわからぬが、汝らの勝ちだ。我はもう動けぬ。好きにしろ」

剣を取ろうともしない。戦っているときの圧倒的な姿に比べて、今やその身体はとても小さく見えた。

「……死んだあとは、どのような道があるか知っていますか」

唐突な質問に彼女は驚いたようだった。目線で先を教えるよう促される。

「冥界の街で暮らすか、新しい命に転生できるそうです。そして冥界は全ての並行世界が収束する場所だそうです」

「…………何が言いたい」

振り絞るような荒い声。

「あなたの婚約者。冥界で会えるといいですね」

そう告げるとヘルは濁った目を見開いた。みるみる透明な涙が滲む。

「たとえ婚約者さんが転生を選んでいたとしても。その人生にあなたが現れることを祈っています」

彼女の手を取りぎゅっと握る。手のひらは無数の剣だこでごつごつとしていたものの、意外なほどに温かかった。

「汝は……」

彼女はゆっくりと顔をこちらに向ける。毒が回っていて目の焦点は合わない。声の聞こえるほうに顔を向けているだけなのだろう。

「どうしてわたしにそのようなことを……？　命を狙われたというのに」

「……どうしてでしょう。自分でも明確な答えはわかりません。でも、ひとつ言えることがあります。あなたがもし私と同じ時代に転移してきていたのなら、私はあなたと友達になりたかった。清廉な騎士、ヘル・ヘスティアと」

ヘルは目を見張り驚いた顔をする。戦闘中に浮かべていた悪魔のような表情とは対照的に、それはごく普通の女性の表情だった。

少しの沈黙ののち、ヘルは微《かす》かに口を動かした。しかし掠《かす》れた音が出るだけで、なんと言ったのか聞き取ることはできなかった。

彼女の顔からは激情が剝がれ落ち、とても穏やかな表情になっていた。その右手にボタンを握り込ませる。

「自分の手で終わりにしましょう。これがあなたの人生だったのだと。他人によって生死を決められ振り回されたものであったとしても、ここには選択肢がある」

静かに涙を流すヘル。頷いたような気がした。

私は彼女を残して急ぎ部屋を後にした。手早く外側から閂《かんぬき》をかけ、決して開かないことを確認する。

この部屋の前にはあらかじめデル様が設置しておいた帰還用の魔法陣がある。こちらの陣営の者であれば誰でも起動できるように工夫されたものだ。

急いで床に手を当てると、白く幻想的な紋様が浮かび上がる。

「いきますよ」

一同に声を掛ける。タイミングが重要だ。

ぐんぐんと光が私たちを呑み込んでいき、ふわっと身体が浮遊し視界が歪み始める。

私がドア横の突起——ダイナマイトの起爆スイッチに手を伸ばしかけたとき。

大きな爆発と衝撃が空間を震わせた。

6

転移が始まり、ぐにゃりと視界が歪んでいく。

身体と意識がぐんと縦に引っ張られる特有の感覚。爆音がしているはずなのに、はるか遠くで花火が鳴っているように微かに聞こえるだけだ。建物の壁が飛び散る映像もどんどん小さくなっていく。

ヘルが捕縛に応じない場合、リシンガスで弱らせ、ダイナマイトで爆散させる。それが私たちの考えた作戦だった。

けれども、私は最後ダイナマイトのスイッチを押していない。ということは、ヘルに渡した携帯用のスイッチを彼女自身が押したのだ。

彼女が自分自身で選択したことに、私は安堵のようなものを感じていた。

転移で戻ってきたのは王城の中庭だった。青く冷えた空気に重たい空。ほうっと吐く息は白く、まだ夜明けは先であることを感じる。

「早く治療を。ドクターフラバスを呼びましょう」

「今、念話を飛ばしましたわ。王都中央病院に詰めていますから、ほどなく到着するでしょう」

冷静に答えたのはロシナアムだった。

「デル様、すぐにドクターフラバスが来ますからね。もう少しだけ頑張ってください」

ガリニスさんがデル様を背負い寝室へ運ぶ。既に使用人は寝静まっていて、私たちの慌ただしい足音だけが廊下に響いた。

デル様をベッドに寝かせ、ぎゅっと手を握る。それはとても冷たくて、このまま彼が死んでしまうのではないかとひどく怖くなった。

「ライ。デル様は死なないよね……？」

医師ではないライに聞いたところで正しい答えが返ってくるわけではない。そうわかっていても、誰かにすがって「大丈夫だ」と言ってほしかった。

「俺には何とも言えないけど……。でも、陛下が結婚したばかりの姫様を置いて逝くことはないんじゃないか。そういうお方じゃないことは分かる」

ライも辛いのだろう。歯切れの悪い複雑そうな声だ。口を閉じたのち、遠慮がちに私の背を撫でてくれた。

彼の言葉で思い出した。今日は待ちに待ったお披露目式で、入籍をしたのだったと。あの幸せなひとときがはるか昔の出来事のように感じる。

改めて自分の格好に目を向けると、それはもうひどい有様《ありさま》だった。人生で一番綺麗にしてもらったのに、ドレスは薄汚れ、走ったり転んだりしたせいか繊細な生地がところどころ破れている。髪は乱れ、顔も化粧が崩れて悲惨な状態だろう。とても数時間前に花嫁だった人物とは思えない状態だ。

でも、そんなことはどうだっていい。デル様が無事であれば、いつかは笑って苦労話の種になることだ。

ベッドに横たわる彼の頬を撫でる。

唇と顔は真っ青で、はあはあと肩で息をしている。声を掛けても反応はなく、時間の経過とともに症状は悪化しているように見えた。

服の首元をゆるめ、冷えないようにしっかりと毛布をかける。

私は角に関する知識がない。角は敏感な器官だとデル様も言っていたし、勝手に処置すると悪化させる可能性もある。それよりは魔族であり知識も豊富なドクターフラバスの到着を待って指示を受けたほうがいいと思った。

ドクターフラバスはあとどれくらいで着くかしら。その間にデル様にもしものことがあったらどうしよう。最悪のケースを想像してしまい、とめどなく涙が湧き出る。

涙と鼻水に濡れた顔で嗚咽《おえつ》する私を見かねたのか、ガリニスさんが口を開いた。

「王妃殿下。陛下はきっと大丈夫です。ひとまず殿下もご自分のことを。フラバス殿が到着したらそれがしが対応しますので」

「…………そうですね。この格好では看病に差し障りがありますね」

薄汚れた身なりでデル様に付き添うのは不適切だと思った。

「なにか状況が変わりましたら、遠慮せずすぐに知らせてください」

「御意」

ロシナアムに肩を抱かれ、私はいったん部屋を後にした。

「お疲れ様でした、セーナ様」

ふたりきりになっても、ロシナアムはあえてそれしか言わなかった。

ぼろぼろになってしまったドレスを脱いで浴室へ向かう。鏡で身体を見るとあちこち紫になっていて、特に右腕は大きく腫れていた。

やっぱり折れているようだ。でも私は不死身だから、数日も掛からずに治るだろう。私じゃなくてデル様がそうだったらよかったのに。心から残念に思った。

ざっと全身を洗って浴室を後にした。とにかく早く彼のもとに戻りたい。

急いでデル様の部屋に戻ると、ボサボサの赤毛に白衣の後ろ姿が目に飛び込んできた。

「ドクターフラバス！　デル様はどうですか⁉」

振り返ったドクターフラバスの顔は険しく、はっと身を固くする。

「ああセーナ君。……陛下の外傷は角だけで、身体の他の部分は問題ないね。角が折れたことによる影響は、正直分からない。前例がないんだ。とにかく様子を見て、その都度症状に対処していくことになると思う」

「そう、ですか……」

「今は一時的に身体のバランスが崩れているだけだよ。応急処置をして症状はひとまず安定している。命に関わるような状況ではないから安心して」

「よ、よかった――……」

足の力が一気に抜けてへろりと絨毯《じゅうたん》に座り込む。先の事はともかく、命に別状はないということがなにより私を安心させた。

「王妃殿下、よかったですね！」

ガリニスさんが白い歯を見せて笑う。口元だけでなく目元も光ったように見えた。

「僕なんかはユニコーン《一角獣》だけど、角が折れてもまた生えてくるから全く問題ないんだ。でも、陛下の場合は違うのかもしれないね。これだけお辛そうなんだから」

「角が治るかどうかわからないということですか？」

「そう。折れたままなのか、生えてくるのかも分からない。ちょっと長期戦になるかもしれないね」

「わかりました。命が大丈夫だっただけで私は……」

また泣きそうになってくる。王妃になったわけだし、そうでなくとも人前で泣くのは憚《はばか》られるのに。今ばかりは自分で自分がコントロールできない。

「あれっ、セーナ君。君も怪我しているじゃないか。診察しよう」

「ああ……私は平気ですよ。そのうち治りますから」

「いいや、そういう問題じゃないでしょう。ほら、早く座って」

「すみません」

ドクターフラバスに向き合う形で着席し、腫れあがった右腕を差し出す。

つい先ほどまで繰り広げられた激しい戦い。お城のいつもの部屋に戻り、デル様の無事が確認できたことで、ようやく心の緊張が緩んでいく。

「……彼女は、正気を失っていました」

誰に言うとでもなく呟く。

デル様はどんな気持ちで戦っていたのだろうか。おじい様の罪によりお父様が殺され、自分も何度も命を狙われた。多くを語らないデル様の本心を把握することは難しい。

ほんとうはデル様自身の手で――それこそ切り刻みたいくらいの鬱屈を抱えていても

おかしくない。

ただ、あくまで想像だけど、彼はそういう自分になりたくなかったのではないだろうか。デル様は己の理想に向かって自分を律し正しくあれるひとだ。彼の目指す景色は、きっとヘルよりもはるか向こう側にあるのだろう。

ベッドに横たわるデル様を見つめる。運び込まれたときより顔色は良く、苦痛の気配は消えている。普通に寝ているように見えた。

……ひとつだけ確実に言えることは、デル様はお父様が大好きだったということね。

規則正しい寝息を立てる彼の様子を見て、いつぶりかに頰が緩む。

ヘルから奪還したマント。小さいころに亡くなったお父様の形見ともいえるそれを、彼は宝物のようにしっかりと抱きしめていた。——混じりっ気のない、とても幸せそうな表情で。

◇

「……セーナ君。君も怪我人なんだからもう寝たほうがいい。そんなに陛下を見つめると、そろそろ穴が開くよ？」

デル様の枕元に座り続ける私にドクターフラバスが声を掛ける。

「あ……。皆さんはお先に帰って結構ですよ。すみません、気が利かなくて。私はまだここにいようと思います」

ドクターフラバスとガリニスさん、そしてライは王妃である私が声を掛けないと帰れないことを忘れていた。悪いことをしてしまった。

「では、恐れ入りますがそれがしはこれにて。朝がた再度冥界に行き、現場検証と諸々の回収作業がありますゆえ、失礼させていただきます」

「セーナ……。また来るよ」

ガリニスさんは心配そうな表情を浮かべ、ライは名残惜しそうな顔をして退室した。

パタン、というドアの音が侘《わび》しく響く。

「ドクターフラバスもどうぞ。明日も診療があるでしょう？　夜中に駆け付けてくれてありがとうございました。今後もデル様をよろしくお願いします」

「うん、もちろんだよ。じゃあ僕も失礼しようかな」

診療器具を鞄に片付ける姿をぼうっと眺める。

様子を見ながらその時々に合わせた治療をする、か……。そういうことであれば漢方でも役に立てそうだ。あとはメンタルに良い薬も必要かしら。きっとデル様は気持ちも疲れていると思うもの……。

「――あ、セーナ君。言い忘れていたけれど」

ニコッとして振り返るドクターフラバス。

「な、なんでしょう？」

ドキンと心臓が跳ねる。デル様の病状のことだろうか。どんな言葉が続くのか身を固くする。

「結婚おめでとう。こうして陛下を生きて連れ帰ったことは誇りに思っていい。王妃としてよく頑張ったね」

「……っ！」

はっと目が覚めたように彼の顔を見る。

眼鏡の奥に見える少したれ目の眼差しは、こんな日でも優しいことに今更気が付く。

「前線に立つ王妃なんて前代未聞だけどね？　でも、君が作った武器がなかったらヘルにとどめを刺すのは難しかっただろう。本調子でない陛下を支え、敵に勝利した。君はブラストマイセスが誇る立派な王妃であり天才薬師だよ」

「ドクター、フラバス――……」

引っ込んでいた涙がまた溢れ、膝にぽろぽろと透明な雨が降る。

頭の上にそっと置かれる大きな手。控えめに動くそれに、じわりと心が溶かされる。

一度外れた箍《たが》は簡単には戻らない。気が付いたら私は彼の胸にすがりついてわんわん泣いていた。

私が落ち着くまでドクターフラバスは胸を貸してくれた。優しい動作で背中を叩く手に安心する。もしお父さんがいたらこんな感じなんだろうかと頭の片隅でぼんやり考えた。

「――ありがとうございます、フラバスさん」

遠くで夜明けを知らせる鐘が鳴り響く。それは長い長い一日の終わりを告げる音でもあった。

第十一章　王妃と琥珀

1

ブラストマイセスは平和を取り戻した。

しかし、魔王様は再び病弱になってしまった。

「デル様。お着替えは済みましたか？　朝の薬を持ってきました」

「ああ、ありがとう。入ってくれ」

ガチャリとドアを開けてデル様の私室に入る。暖炉前のソファに腰かけていた彼はテーブルへ移動した。

ヘルの一件は〝冥界事変〟として史書に記録された。

ガリニスさん率いる騎士団の事後調査で、彼女は遺体となって発見された。魔剣も砕け散って使用不能になっていたとのこと。この世の理にしたがって、ヘルは今度こそ死者となって冥界の扉をくぐったそうだ。

現場からはひとつの巾着袋が引き揚げられた。爆発による損傷を運よく免れたそれには、丁寧に折り畳まれた1枚のエプロンが入っていた。

巾着袋はぼろぼろで年季が入っていたものの、エプロンにはほとんど劣化が見られなかった。きっととても大切なものだったのだろう。彼女の墓地に、共に埋葬した。

「……セーナ？　どうした、ぼうっとして。体調でも悪いのか」

心配するような声にはっと我に返る。

「あっ、すみません。なんでもないです。はい、こちらが朝の薬です」

「ありがとう」

牛車腎気《ごしゃじんき》丸《がん》と帰《き》脾《ひ》湯《とう》だ。デル様に渡すとさっそく飲み下した。

ドクターフラバスによると、デル様は角を失ったことにより身体のバランスが崩れているそうだ。慢性的な痛みに加えて、人間で言うところの自律神経失調症に似た症状が出ている。

「今日の具合はどうですか？」

「少しふらつきがあるな。耳鳴りもする」

髪をかきあげながら憂鬱そうに答えるデル様。白いシャツから覗く肌は不健康に白く唇も青いまま。その頭にあるべき琥珀の角は、右側が根元からすっぱりと無くなっている。

「早く身体が慣れるといいんですけどね……」

残った左角に、誕生日にプレゼントした角カバーを装着する。

角がない状態に身体が慣れれば体調は改善するらしい。それまではこうして漢方薬で不調を緩和し、3度の食事に薬膳を取り入れて養生する方針になっている。

「苦労をかけてすまない。まったく、不甲斐《ふがい》ないな」

焦れたような声。デル様はこうして毎日のように謝ってくれる。気にしないでくださいと言っているのだけれど、それは彼にとって難しいことのようだった。

だからあえて彼の言葉には反応せず朗らかに振る舞う。

「じゃあ、そろそろ仕事に行きますね。デル様もお仕事無理なくファイトです」

「……ああ。気を付けて」

「はい！　ではまた夜に」

デル様に見送られて部屋を後にする。時刻は８時。出勤時間だ。

私は以前と同様に研究所で仕事をしている。便秘薬と狭心症薬の開発にめどが立ったため、次なるテーマとしてブラストマイセスの土から抗菌薬を創る研究を進めている。

また、要請があれば薬師として国内各地に往診に行くこともある。デル様が表立った公務ができない今、私が外に出る機会が少しだけ増えていた。

研究も薬師業も好きなので忙しさは気にならない。ヘルがいなくなり国内の治安もよく、ブラストマイセスはしばらくぶりに平穏を取り戻している。唯一の気掛かりがデル様の体調のことだった。

【薬師メモ】

牛車腎気丸とは？

八味地黄丸（腎気丸ともいう）に活血の牛膝と利水の車前子を加えたもの。
・使用例：八味地黄丸の病態に加え、痛みやしびれ、むくみが顕著な場合に。
・原典：済生方《さいせいほう》

帰脾湯とは？

精神科の領域で使われることが多いが、原典に収載された当時は物忘れや動悸の治療薬として用いられたという。
・使用例：体力虚弱で心身が疲れているもの。貧血や精神不安、不眠に。
・原典：済生方

2

〝角がない状態に身体が慣れれば体調は改善する〟ドクターフラバスはそう言った。魔物の生態に詳しい彼が治療の指揮を執り、私も漢方でサポートしている。

けれども、数か月が経ってもデル様が快方に向かう兆しは見られない。薬を変えるなどして手を打ったけれど、次第に体調は悪化しているように見えた。

食事量は以前の半分に減った。肌は乾燥し顔色は悪い。2、3時間デスクワークをしては横になり、また起きて少し仕事をして再び横になる。

デル様は思い通りにならない身体に苛立っているようだけれど、私には変わらず温和だ。やはり申し訳ないという気持ちが大きいようで、顔を合わせるたびに謝罪を受ける。なにも悪くないデル様が項垂れていると、なぜだか私まで泣きたい気持ちになってしまう。看病することは全く苦ではない。デル様が苦しんでいることが辛かった。

これまでの人生を国民に捧げ、多くの責任と義務を抱え込んで淡々と生きてきたデル様。疫病とヘルという脅威が去り、ようやく幸せを感じて生きていけるようになったのに、また遠ざかってしまった。どうして彼ばかりに試練が続くのだろう。代われるものなら代わりたかった。

今日も一日を終えてベッドに入る。先に休んでいたデル様はすうすうと寝息を立てている。凛とした普段の表情に比べてあどけなさを感じる寝顔は、私だけが知っている彼の特別な表情だ。

「お疲れなのね。よく眠れますように」

形のいい頭を撫でていると、否応なく折れた角が目に入る。

角さえ元通りになれば――。そう思わずにはいられない。

ほんとうにいつか体調は治るんだろうか。このままデル様が衰弱してしまったら……？

最悪の事態を想像して、胸に氷を押し当てられたような感覚になる。

──それはだめ。絶対にだめ！

本能がこのままではいけないと警鐘を鳴らす。

ドクターフラバスは素晴らしい技術を持つブラストマイセスで一番の医師だ。けれど、彼とて魔王の角治療は未経験。全力で治療に当たってくれているけれど、予想に反する予後になったとしてもおかしくはない。

他のひとに任せていて万一のことがあったら、私は納得できるんだろうか？

──否。大事なものは自分の手で守らなきゃ。そのために私は薬剤師に、研究者になったんだもの。

私が薬剤師になった理由。それは病気から大切なひとを守るためだ。お母さんが乳がんになったときに味わった家族を失うかもしれないという恐怖と焦燥。当時感じた全ての負の感情、そして病気というものに打ち勝つために私は医療の道を志した。

これまでの長い道程を思い返せば、胸と瞼の奥がじんと熱くなってくる。

両手を高い天井にかざす。今やこの手には技術があり、頭には知識がある。昔の無力だった自分とは違う。

「デル様。私は絶対にあなたを治してみせる。あなたの幸せはこれからなんだから」

ぐっと拳を握り、固く決意する。

身体を起こし、痩せてしまった彼の背中をそろりと撫でる。何度も何度も、丁寧に。

せめて夢の中では苦痛から解放され笑顔でありますようにと祈りながら。

◇

2週に1度設けられたドクターフラバスと宰相さんとの医療ミーティング。研究所の一室で行われるそれは開発業務の進捗報告の場だ。同時に医療政策に関して案を出し合ったり、デル様の治療について議論したりする場でもある。

医療研究所で初めて取り組んだ薬——便秘薬「ヒマシ油」と狭心症薬「ニトログリセリン」。途中で武器の開発を挟んだため予定より時間が掛かってしまったけれど、完成品を見せるとドクターフラバスはとても喜んでくれた。

「ついにできたんだね！　ありがとうセーナ君。さっそく使用方法を医師の間で共有するよ」

「お願いします。流通の様子を見て生産量を調整しますね」

実は薬の開発と並行して生産工場を建設してもらっていた。今後開発する医薬品もそこで集中的に製造するつもりだ。今やロゼアムは研究所と生産工場という医療の一大拠点となり、多くの雇用が生まれている。

「漢方の調合レシピ本も医師と薬師の必携本だし、隣国から研修に来る医療関係者もいるぐらいだよ。今やブラストマイセスの医療水準は世界一だ」

「お役に立ててなによりです。漢方医学は病気になることを防ぐ未病の学問でもありますから、ブラストマイセスに限らず健やかな国民が増えたら嬉しいです」

「でも、セーナ君の体調は大丈夫？　抗菌薬の研究もあるしさ。不死身とはいえこれだけ仕事をしていたら疲れるんじゃない？」

　自分も真っ黒なクマを目の下に張り付けているのに、私のことを心配してくれる。

「心配ありがとうございます。でも大丈夫ですよ。デル様が大変なときこそ私が頑張らないと！」

　そうは言ったものの、ドクターフラバスは納得していない様子だ。同席している助手のサルシナさんと護衛のロシナアムが口を開く。

「言ってやりなフラバス。このところ仕事ばかりして昼食を抜くこともあるんだ。しっかり食べなきゃだめだって注意すると、菓子で腹を膨らませるんだよ」

「陛下といらっしゃるとき以外は常に何かしらの本を読んでおられますわ。全く運動をなさらないので、衣類のサイズがどんどん大きくなってますの」

あ、あれ？　なんだか私に対する不満大会のようになってきた。

ちなみにこの間宰相さんは黙ってお茶をすすっている。デル様いわく彼は「とんだ食わせ者」らしいのだけれど、白髪をかっちりとオールバックにした彼は寡黙な紳士の仮面を剝がさない。

「ご、ごめんなさい。その、今後はなるべく心配かけないようにします……」

これ以上暴露されてはたまらない。謝罪したのち慌てて話題を切り替える。

「話は変わりますけど、ちょっとやりたいことがあるんです。いや、ちょっとというか、がっつりですね。抗菌薬の研究はいったん止めてこちらの研究を進めたいです」

ここ数日でしたためたメモをみんなに見せる。

どれどれと覗き込んだサルシナさんは眉をひそめ、ドクターフラバスはううんと唸る。宰相さんはじっと文字を凝視した。

「再生、医療……？　またこれは初めて聞く言葉だねぇ。文字通りに解釈するなら……セーナ、もしかしてあんた！」

サルシナさんはまさかという驚きの表情を浮かべる。

「サルシナさんの想像通り……だと思います。私はデル様の角を再生させます」

再生医療とは、病気や事故などによって失われた身体の組織や機能を再生する技術だ。角だけでなく人間の臓器にも応用ができる、大きな可能性を秘めた分野だ。

実は受傷後間もなく、斬られた角を繋ぎ合わせるということを試していた。けれどもデル様は体調が改善するどころか痛い痛いとひどく悶《もだ》え苦しんだ。我慢強いデル様が叫び出すくらいだから、相当の激痛だったのだと思う。

つまり、1度折れた角は彼の身体に再度適合しない。だから、「生やす」とか「丸ごと入れ替える」というのがポイントだと考えられた。そこで行きついたのが再生医療というわけだ。

厳しい挑戦になることは予想に難くない。けれども私は必ずやり遂げる。デル様の妻として、この国の王妃として、そして一研究者として。

サルシナさんとドクターフラバスは戸惑いながら顔を見合わせる。

「そんなことができるのかい？　治癒魔術なんて伝説でしか聞いたことないよ」

「治癒魔術ではありません。再生医療は科学に基づいて臓器を再生させる技術です。ただ、これは今まで私がお教えしたものとは違います。漢方薬や狭心症薬は偉大な先人たちが完成した方法を真似《まね》ているだけですけど、再生医療は元の世界でも発展途上の技術で、まだまだ不確定な部分も多いです。だから試行錯誤しながら取り組むことになりますね」

「セーナがそう言うぐらいなら、よっぽど大変なんだろうね。でも、あんたができるって言うんならあたしは付いていくよ。正直なところ陛下の容体はだんだん悪くなっているみたいだし、心配してるんだよ」

その言葉にドクターフラバスは僅かに俯いた。

「…………ごめん。僕の力不足だ」

力のない言葉と共に肩を落とす彼に、敬意を込めて説明する。

「ドクターフラバス、誤解しないでください。私はあなたの腕や見立てを疑っているのではは決してありません。ただ自分にできることを全てやりたいという意味で提案しているんです」

なにせ魔王の角治療というのは誰にも経験がないことなのだ。ドクターフラバスの言う「角がない状態に身体が慣れれば回復する」という見立てが誤っているというデータがあるわけでもない。回復の過程に波があるとすれば、長い目で見たときちょうど今が谷だという可能性もある。

ドクターフラバスは神妙な面持ちで顔を上げる。

「ありがとうセーナ君。僕も様々な情報や知識をもって診察に臨んでいるけれど、もちろん絶対ということはない。事実、陛下のご体調はサルシナの言う通り芳しくないしね。だから君の言う通り、可能性のある方法は全てやるべきだ。協力させてほしい」

「助かります。ドクターフラバスは私にない知識や技術をたくさんお持ちですからね。一緒に取り組めるととても心強いです」

がしっと固く握手をする。ほっほっほっと宰相さんが呑気《のんき》に笑った。

「セーナ、あんたが陛下に嫁いでくれて本当に良かったと思ってる。魔族を代表して礼を言うよ、本当にありがとうね」

サルシナさんの改まった態度が照れくさくて頰を搔く。

「ふふ、嬉しいですけど、褒めるのは研究が成功したときにしてください。私はまだなにも成し遂げていませんからね。……じゃあさっそく計画をお話ししてもいいですか？」

そう、まだ始まったばかり。ここからが本番だ。

「おっ、目つきが変わったね。うん、あんたのその目、あたしは好きだよ。始めようか」

にやりと笑うサルシナさん。彼女が突き出した丸い拳に自分の拳をコツンとぶつける。

こうして私たちの角再生計画がスタートした。

3

デル様の生命に直結する研究とあってか、ふたりはいつもより熱心にメモをとっていた。宰相さんは直接実験に関わるわけではないので帰城している。

「再生医療については理解したよ。それで、実際にはどういう手順で進めるんだい？」

「一応このように考えています。方法が確立されていない部分も多いのでトライアンドエラーになるとは思いますが」

説明用の紙を取り出す。

「まずしなければならないのはｉＰＳ細胞というものの作製です。ｉＰＳ細胞っていうのは人工多能性幹細胞の略で、要は色んな臓器になれる能力を持った細胞のことです。まずこれを作り、角にさせればいいというわけです」

「その、ｉＰＳ細胞ってのはどうやって作るんだい？」

「人間であれば体細胞を採取して特定の遺伝子を導入すればいいんですけど、デル様の場合その方法は使えません」

デル様は魔王であり、人間の身体とは遺伝子が異なるだろうから。

「なので、化合物ライブラリーを使って体細胞からｉＰＳ細胞を作ろうと思います。……多分、ここが一番運が絡んでくるところですね」

化合物ライブラリーとは、私たちが抗菌薬研究の過程で得た化合物群のことだ。抗菌薬としての活性を示さなかった土壌由来成分を、今後別の効能が見つかることを期待して保存してあるものだ。

「並行して私なりに別の物質も試してみます。デル様の細胞の性質を見てから、これまでの私の経験と照らし合わせて、当たりそうなものを試してみます」

「……それでも見つからなかったらどうするんだい？」

眉根を寄せて真剣な表情のサルシナさん。普段はあまり失敗するという可能性を口にしない彼女だけれど、今回ばかりは事が事だけに気になるようだ。

「それは……そうなったときに考えます。実験を始めてみないうちにあれこれ詰めすぎてもよくないんです。やってみて初めてわかることがあるし、臨機応変が研究の基本です」

半分本当、半分強がり。サルシナさんへの答えだけれど、自分に言い聞かせるように言葉を選んだ。

「大丈夫です、サルシナさん。なにがあっても私は諦めませんから。挑戦し続ける限り失敗はあり得ません」

ぐっと拳を握りしめてみせれば、どこか硬い表情だったふたりは相好を崩した。

「ははっ、相変わらずセーナ君は頼もしいね。じゃあ、角ができたらそれを陛下に移植するということかな？」

「その通りです。体細胞を得る皮膚の採取と、角の移植手術はドクターフラバスにお願いしたいです。……研究の内容は、ざっくり言うとこんな感じですね」

メモを終えたサルシナさんが私に向き直る。

「流れは分かった。じゃあ、さっそく今日から取り掛かるってことだね？」

「はい！　……と言いたいところなのですが、再生医療に使う設備が整うまで実験は始められません。それまでは調べ物の日々が続くと思いますが、頑張りましょう」

「じゃあ、器具職人たちに連絡を入れとくよ」

「絶対に成功させよう。僕も有用な情報が入ったら共有するよ」

「ありがとうございます！」

ちょうど昼時になったので、みんなでお昼ご飯に向かう。食堂でステーキにかぶりつきながら、私は来る挑戦への英気を養うのであった。

4

およそ1か月が過ぎた。

ブラストマイセスの暦は4月。上着がなくても過ごせる快適な日が増えて、人々が活動的になり始める季節だ。

デル様の体調は好転していない。休み休みでも一日できていたデスクワークは半日になり、残りの半日はベッドで寝たきりになっていた。

漢方薬で症状を和らげることしかできずもどかしい日々を過ごしていた中、再生医療の研究に必要な器具や設備が揃ったと注文先から連絡が入った。私たちはようやく実験を開始できることになった。

　細かな実験器具に加え、新しく導入されたものとして大きいのはクリーンベンチだ。アラクネ《蜘蛛女》商会が開発した高性能フィルタを搭載している。

　クリーンベンチとは埃や雑菌の混入を避けながら実験を行うための作業台だ。細胞を培養するときに、例えば雑菌が混入してしまうと、培養液のなかで菌が増殖してしまい細胞が使い物にならなくなってしまう。

　アラクネ商会は糸や繊維の扱いに長《た》けたアラクネさんたちがやっている服飾系の組織なのだけど、腕を見込んで今回は特別にフィルタを作ってもらった。

　また、別の職人さんに依頼して細胞を冷凍保管する装置も作ってもらった。これにはガリニスさん——強大な海蛇であるリヴァイアサンの鱗が組み込まれている。水を自在に操る能力を応用して、中に入れたものが凍るような魔術がかけられている。

　通常、自分の身体の一部をこういうことに利用させてくれる魔族はいないのだけれど、再生医療の話をどこからか聞きつけたガリニスさんがぜひ協力させてほしいと言ってくれたので実現できたことだった。

　数日がかりで品質や動作の確認を終え、私は早くも手ごたえを感じていた。

「いいですね。非常にいいです。明日にでもデル様の皮膚を採取してもいいかもしれません」

実験室に設置された再生医療用の設備を前にして大きく頷く。

「この実験室も、随分とものが増えたねえ。研究所ができたばかりの頃は棚がスカスカだったのにさ。そんなに昔ではないはずなのに、もう懐かしいよ。……それで、明日陛下の手術をするのかい？　フラバスに連絡するかい？」

「お願いします。デル様の体調が悪くなりすぎると皮膚採取の手術に耐えられない可能性が出てきますからね。調整した線維芽細胞は冷凍保存ができますから、手術自体は早めに行いましょう」

デル様は気丈に振る舞っているけれど、誰がどう見ても相当具合が悪いのは明らかだ。身体はどこを触っても冷たいし、背骨が浮き出るほど痩せてしまっている。彼もどうにか治療法がないか調べているけれど、今のところ収穫はない様子だ。

視線を落とした私の肩に、そっと温かい手が置かれた。

「大丈夫だよ、セーナ。あんたにゃあたしがいるし、フラバスもいる。辛くなったら胸を貸すし、弱音を吐いたっていいんだからね」

サルシナさんの目が細められ、勇気づけるようにポンポンと肩を叩く。うっかり涙腺が緩みそうになったけれど、気付かれないように明るく振る舞う。

「ありがとうございます。でも私は平気ですよ。ネガティブなことを考える暇があったら実験で手を動かします！」

「ははっ、さすが研究の虫は違うね。ほんと肝の据わった人間だよ。じゃあ、フラバスには連絡しとくから」

「はい、お願いします。私はデル様に手術内容の確認をしたいので、今日はもう帰りますね」

再生医療にトライすると決めたときに説明をして納得してもらっているけれど、ちょっと日が空いてしまっている。もう一度話したほうがデル様の不安も少ないだろう。

帰り支度をしてロビーの魔法陣まで送ってもらう。

「じゃあまた明日。陛下のこと、頼んだよ」

「もちろんです！　ではまた明日」

手を振り、サルシナさんと別れた。

◇

「デル様、今帰りました。お加減どうですか？」

元気なノックのあとドアが開き、セーナがひょっこりと顔を出した。

「お帰り。今日は早いのだな？　調子は……まあ、いつも通りだろうか」

セーナはいつも18時頃に帰ってくるが、今日はまだ17時前だ。不思議に思いながら彼女の問いに答える。

鉛のように重い身体を腕に力を込めて支える。身体を起こすだけで一苦労になる日が来るとは思ってもみなかった。

角を負傷してから下降している体調だが、いよいよ芳しくない。

フラバスはこの状態に身体が慣れるまでの辛抱だと言ったが、良くなるどころか悪くなる容体を受けて、先日誤診の可能性を申し出てきた。床に頭を付ける彼は我が国の筆頭医師だ。その彼にも読めない事態が起こっていることに、少なからず恐怖を感じたのは事実だ。

以前のわたしであればこれも運命だと受け入れただろう。しかし今は死ぬのが惜しい。少しでも長くセーナと共にありたいと、その願いだけで日々苦痛と闘っている。

わたしの気力が苦痛に勝る限りは大丈夫だ。格好のつかない魔王だとしても、彼女がそれでもいいと言ってくれる限りみっともなくとも生きていこうと決めている。

全ては寵妃《ちょうひ》のため。その唯一無二はにこにこと笑みを浮かべている。

「お傍に行ってもいいですか？」

「もちろんだ。こちらへおいで」

セーナはとことこ寝台の脇に駆け寄り、彼女がいつも使っている椅子に腰を下ろす。

「朗報です。再生医療の設備が整いました。さっそく明日デル様の皮膚を採る手術をしたいのですが、よろしいですか？」

「……！　それは確かに願ってもいない吉報だ。明日だな、問題ない。宰相に連絡して予定の調整をさせよう」

「ありがとうございます！　術後の経過確認を含めて、念のため3日間予定を空けてもらってください」

すぐに宰相に念話を飛ばし、明日から3日間の仕事を調整するよう伝える。

既に仕事の大部分は彼を含めた臣下たちが肩代わりしてくれているから、悲しいことではあるが大きな支障はないだろう。

すぐさま宰相から「承知しました」と返事が来た旨をセーナに伝える。彼女はほっとしたように頷いた。

「ありがとうございます。では、前にも一度お伝えしていますが、方針の再確認をしますね」

以前にも説明は受けていたが、こうして再確認してくれるあたりセーナの細やかな心配りを感じる。早く帰ってきたのもそのためなのだろう。

「明日の手術ではデル様の太腿の皮膚を採取します。そこから線維芽細胞というものを培養し、ｉＰＳ細胞にします。ｉＰＳ細胞はなんにでもなれる能力があるので、デル様の角になることができるはずです。これが大まかな治療計画です」

「そなたはよくそんなことができるな。わたしの魔法や魔術よりはるかに凄いことをしているように思える」

セーナは毎晩研究についてあれこれ楽しそうに話してくれる。その様子を眺めているのはとても心安らぐのだが、正直なところ話している内容について十分に理解できているとは言《い》い難《がた》い。彼女の小さな頭の中は一体どのようになっているのだろうと常々疑問に思っている。

セーナは異世界で研究者をしていたというだけあって、とんでもない発想と技術を持っている。わたしの魔力は持って生まれたものだが、彼女のそれは努力で身に付けたものに他ならない。

「いやあ、再生医療は少しかじっただけなので、武器開発のときほどスムーズにはいかないと思います。すみません」

「いや、いいんだ。むしろ本当にすまないな。そなたには世話をかけてばかりだ……」

「やめてくださいデル様。その話はなしにしようって決めましたよね？　そもそも夫婦は支え合うものです。病めるときも健やかなるときもって言うじゃないですか。あっ、こっちでは言わないのかな？　まあ、とにかく私の心配は無用ですよ」

そうは言っても彼女には詫びても詫びきれないくらい負担を強いてしまっている。仕事面もそうだし、夫としての役割も果たせていない。

言い募ろうとするも、察した彼女によって遮られる。

「それでですね、本題に戻りますよ。明日の手術は9時から王都中央病院で行います。執刀はドクターフラバスで、順調にいけば1時間も掛からずに終わる予定です」

「ああ、分かった」

治療のために身体の一部を採取させてほしいと言われたときは、何を言い出すのかと驚いた。しかし彼女から再生医療という最新の技術があると説明を受け、それならと首を縦に振った。

むろんこれは相手がセーナだからだ。魔王が己の血肉を他人に与えるなど言語道断の行為だ。しかし彼女はわたしの唯一で、最も信頼している人物と言っても過言ではない。彼女を信じているからこそ治療も確かなものなのだろうと思えた。

「申し訳ないのですが、私は研究所で準備があるので付き添いができません。明日は終日ドクターフラバスがデル様のお傍にいることになっています」

「気にするな。子供ではないのだから、ひとりで何ら問題ない」

「ありがとうございます。経過が順調でしたら明後日《あさって》からは往診という形になるそうです。……以上なんですけど、気になることはありますか？」

「よく分かった。何から何まですまないな」

セーナの鳶色の瞳を覗き込み、ふっくらとした頬に手を当てる。彼女の頬は白パンのように柔らかくしっとりと指に吸い付いた。

わたしと目が合うだけで恥じらいに花を咲かせる彼女が愛おしい。セーナが隣にいてくれるから苦痛に荒れた心は凪《な》いでいく。

親指で彼女の唇をなぞり、そのまま熱を重ねた。

「――セーナ、愛している」

「なっ、なっ、なんですか急に⁉」

丸い瞳が大きく見開かれる。愛らしい顔が一瞬で熟れた林檎《りんご》のように色づいた。

「あまり口に出したことがなかったと思ってな。明日は頼んだぞ、我が妃よ」

「も、もちろんです！　では失礼しますね！」

両手を顔の前で忙《せわ》しなく振りドアへと駆けていくセーナ。

微笑ましく小さな背を眺めていると、急に方向転換してこちらへ戻ってきた。忘れ物でもしたのだろうか。

「あっあのっ。わ、私もデル様のこと愛してます！　それじゃ！」

真っ赤な顔でまくし立て、目にもとまらぬ速さでドアの向こうへと駆け抜けていった。

「………私も愛してます、か」

彼女の言葉を反芻《はんすう》すると、全身の血液が顔に集中してゆくような熱を感じた。

自分が今どんな顔をしているのか想像して、更に熱感が増した。

しかし今は部屋にひとり。誰に見られるわけでもないので、甘やかな感情を思い切り噛みしめる。

「嬉しいものだな。元の身体に戻れたならば、世界一幸せにしてやりたい」

ベッドに身を預け、顔を両手で覆う。熱に任せて出会った日から今日までのことを思い返せば、冷え切った心と身体に血が通うようだった。

その晩はいつもより深く眠ることができた。


【薬師メモ】

線維芽細胞とは？

真皮などの結合組織を中心に存在し、筋肉や臓器、骨などさまざまな細胞になれる能力を秘めた細胞。この万能性を利用して再生医療研究に用いられている。

5

翌日。デル様の手術が無事に終了したと連絡があり、昼過ぎには採取した皮膚が研究所へと届けられた。

騎士団の一行に厳重に警備された小さな保冷箱が引き渡される。

「皆さん、運搬の任務お疲れ様でした。さあサルシナさん。始めますよ！」

箱を開封し、ガラス瓶内の生理食塩水に浮かぶ皮膚片を確認する。酒精を染み込ませた脱脂綿で容器の外側を消毒して、さっそくクリーンベンチの中へ搬入する。

「ここから線維芽細胞を培養するんだったたね？」

「そうです。皮膚の処理は私がやりますので、サルシナさんは見て流れを確認してくださいね」

今か今かと皮膚の到着を待っていたので準備は万端だ。自分の手も肘まで消毒し、さっそく作業に取り掛かる。

金属の器具が触れ合う音、アスピレーターで溶液を吸引する音。そしてお互いの呼吸音だけが静かな実験室に響き渡った。


「――ふう、これでとりあえず処理は終了ね。ちゃんと育ってくれるといいのだけど」

今日の作業は無事完了。胸を撫で下ろしてサルシナさんのほうを振り返る。こわばった顔をしている彼女に笑いかけると、身体の力を抜いて疲れた顔で笑い返してくれた。

「上手くいって安心したよ。皮膚を細かくする作業、あれは大変そうだねえ。老眼のあたしには無理かもしれない」

「ふふ、眼鏡を買ってくださいね。今後サルシナさんにも作業してもらうことがあると思いますから」

「なんだいセーナ、冷たいじゃないか！」

「そんなことないですよ？　しいて言えば早くお城に帰りたいだけです。デル様は初めての手術でしたから、落ち着かない気分になっているかもしれません。なるべくお傍にいたくて」

軽口を交わしながら手分けして実験器具を片付ける。今後の実験スケジュールを再度打ち合わせしてお開きとなった。

白衣を脱いで壁掛け時計を見上げると19時を指していた。思ったよりは早く帰れることに一安心する。

なにはなくともデル様が心配だ。気持ち面の不安はもちろんのこと、術後麻酔が切れれば多少の痛みや違和感があるはずだ。近くにいて少しでも力になりたかった。

「ただいま帰りましたっ！　デル様、お加減はどうですか⁉」

「セーナか。入ってくれ」

応答を聞くや否や勢いよく入室する。窓際のベッドに横たわるデル様と、傍に佇むドクターフラバスの姿が目に入った。

「お帰り。体調は特に問題ない。少し違和感はあるが」

「セーナ君、お疲れさま。陛下の手術は成功だ。傷口は綺麗に縫合したから安心して。今のところ順調に経過しているよ」

デル様の顔色は相変わらず悪いけれど、手術で大きなダメージを受けた様子はなく、私に笑顔を向けてくれる余裕もある。大丈夫そうだ。

手元に本があるところを見ると読書中だったのだろう。

「問題なさそうで安心しました。ドクターフラバスの腕はもちろん信用しているんですけど、やっぱり手術となると緊張しちゃって……！　なんだか本人より家族のほうが気が気じゃないかもしれないですね、こういうときって」

「ははっ、確かにね。セーナ君のほうはどんな感じだい？」

「こちらの細胞調整も上手くいきました。デル様の線維芽細胞は恒温器ですくすく成長中です」

ドクターフラバスがささっと椅子を出してくれたので、お礼を言って座る。

「このような時間まで苦労をかけたな。もう食事は取ったのか？」

深い青色の瞳が優しく私に微笑みかける。嬉しくなって私も自然と頬が緩む。

「いえ、これからです。デル様の無事をこの目で確認しないとご飯どころじゃないですから」

「大げさだなセーナは」

やつれた青白い頬さえも、変な言い方だけれど彼は様になっていた。いやもちろん健康が一番なんだけれど、とにかくなにが言いたいかというと、デル様はどんなときでも格好がいいということだ。

かつてを美丈夫と言うのなら、今の状態は儚《はかな》げな美青年といった感じだろうか。ドクターフラバスいわく、デル様は３００歳超だけれど人間に換算するとまだ20代中ごろ相当の若い魔王様らしいのだ。

「デル様、初めての手術はどうでしたか？　痛みは大丈夫でしたか？」

「ああ。痛みは麻酔のおかげで全く感じなかった。30分も経たずに終わったな」

「さすがデル様！　ドクターフラバスも、ありがとうございます」

歴代でも最強と名高い魔王デル様。初めての手術は難なく終えたようだ。

「一日の終わりにセーナの顔を見ることができてよかった。そなたも疲れているだろう。部屋に戻ってゆっくり休むといい」

「ありがとうございます。私もデル様のお顔が見られてほっとしました。ゆっくり休んでくださいね」

「ああ。おやすみ」

「おやすみなさい」

自室に戻るとロシナアムが食事と湯あみの用意をしてくれていた。手早く済ませ、べッドにぼふんと飛び込んだ。

あっという間の一日だったわね……。とりあえず滑り出しは順調でよかったわ。明日からも気合を入れて頑張らないと。

くるりと身を返して図書室から借りてきた本の山に手をかける。医療に関する書物や実験に役立ちそうな資料だ。

夢中で読み込んでいるうちに、窓の外は明るくなっていた。

6

明け方まで勉強したのち仮眠をとり、目を覚ましたのは10時過ぎだった。

徹夜特有の怠さ。けれども今の私は不老不死なので、社会人時代のそれに比べるとかなりましだ。目を擦りながら身支度を整える。

今日は休みだ。夕方ちらっと細胞の様子を見に行くけれど、それまでは自室で引き続き勉強しようと思っている。

ロシナアムも公休日なのでひとりで着られる前閉じのワンピースを選ぶ。可愛らしい髪型に整える技術はないので櫛《くし》で適当に撫でつけて終了だ。誰かに会う予定はないのでこんな格好でもセーフだと思う。……多分。

寝室から私室へ移動すると、ライがテーブルクロスを敷いているところだった。王妃になって以降、ロシナアムが休みの日はライが侍従兼護衛のシフトに入ってくれている。

「おはよう姫様。がさごそ音が聞こえて起きたみたいだったから、適当に飯を発注しといた。こんな感じでよかったか？」

お寝坊した私を気遣ってか、フルーツの盛り合わせや野菜スープなど軽めのメニューがワゴンいっぱいに運び込まれている。香りたつ紅茶の匂いはいつも私が朝一番に飲んでいる銘柄だ。

「うん、ありがとう。十分すぎるぐらいよ」

ライの気遣いに感謝して引かれた椅子に腰かける。

さっそく紅茶に口をつけ、ほうと息をつく。

「そういえばライ。この前届けた不眠症の薬、飲んでみた？」

配膳を終えて壁際に控えるライに切り出す。窓から射し込む陽の光が白銀の髪に反射し雪のように輝いていて、あらと目を引いた。

こうして見ると、ライってほんとうに整っているわね。背も高いし強いし、どうしてずっと恋人がいないのか不思議なくらいだわ。

「いや……。ありがたいけど、不眠の原因は分かっているから大丈夫だ」

「ええ？　ちゃんと病院で診てもらったの？　よく寝ないと騎士団の任務に差し障りが

あるんじゃない？」

先日ガリニスさんと廊下で行き合ったとき、ライが夜あまり眠れていないようだという話を聞いた。だから不眠にいいとされる漢方薬を送ったのだけど、飲んでいないとは何事か。

「本当に大丈夫だ。ちょっと色々考えちゃって目が冴《さ》えてるだけだから」

渋い顔をするライ。

「そうなの？　悩みがあるなら私でよければ相談に乗るよ」

「……いや。セーナにだけは無理だ」

「なによそれ！　せっかく心配しているのに」

つんとして横を向くライ。大人になった今でも小生意気な一面が時折顔を覗かせる。

「……でも。私じゃ頼りないかもしれないけど、ほんとうに困ったときは教えてほしいわ。寝不足でライが怪我でもしたら悲しいもの」

「俺が怪我をしたら、セーナは悲しいのか」

「そりゃあもちろんよ。冥界事変のときも気が気じゃなかったわ。ライは家族みたいなものだし、恩人だもの」

この世界に転移してきたとき、身元がわからず不審がられる私の面倒を見てくれたのがライだった。いつも明るい彼の性格に元気をもらったし、トロピカリで薬師として信用を得たのも彼の助けがあったからだ。だからライが困っていたら助けたい。身も心も健やかに人生を楽しんでほしいと思う。

「……冥界事変か。結構強くなったと思ってたけど、あいつには全然敵わなかったな」

ぽつりとライが呟いた。

「あいつって、ヘルのこと？」

「ああ。……セーナにも格好悪いところを見せた。まだまだだな」

どこか元気がなくなったライを見て、つきんと胸が痛む。

あれはライが弱かったわけではなく、ヘルが別格すぎただけだ。ライはいくつもの傷を負いながらも決して退かなかったし、命懸けで戦ってくれていた。あのときのライの顔には強い覚悟が滲んでいて、むしろすごく格好よかったと思う。

「そんなことないわ。ライはほんとうに格好よかった。とっても強い自慢の騎士様だし、勇敢なあなたを誇りに思うわ」

現にブラストマイセス国内ではガリニスさんに次ぐ実力者で、純粋な剣の腕では彼を上回るという話も耳にしたことがある。

励ますようにできるだけの笑顔でそう伝えると、ライはぎょっとした顔をしたのち、頬を赤くしてぷいと背を向けてしまった。

ライを褒めるといつもこういう反応をする。照れ屋なところは昔と変わらなくて微笑ましい。

「はぁ。自分が恨めしい。もっと早く自覚していれば……」

「えっ？　なんの話？」

なにやら別の話をしているように思われたので聞き返したけれど、「いや、もういい。とりあえず俺はもっと強くならないと」と言って手を振られてしまった。ライがすんとした表情で〝氷の騎士様〟に戻ってしまったので、会話は強制終了となった。

……？　まあ、言いたくないなら無理に追求しないほうがいいわね。

大事なことなら濁したりしないだろうし、特に重要な話ではなかったのだろう。

コンソメスープに手を伸ばしブイヨンの旨味《うまみ》を堪能《たんのう》する。

「あ～、そういえば薬で思い出したんだけどさ！」

「んんっ、なによ⁉」

急に大きな声を出すからスープが気道に入ってむせる。

「騎士団にさ、なんか具合悪そうなおっちゃんがいるんだよ。本人は大丈夫だって言ってるんだけど、傍《はた》から見るとやっぱりおかしいんだよな」

「どういうこと？」

スープのボウルをテーブルに置いてライを見ると、顎に手を当ててなにかを思い出しているようだった。

「おっちゃんの筋肉がさ、痙攣《けいれん》っていうの？　ぴくぴくしてるんだ。あと浮腫《むく》みもすごい。つい1か月前までは筋肉ダルマみたいだったのにさ、このところ気味の悪い太り方しちゃってて。病院に相談はしてるみたいなんだけど、一向に良くならないから騎士団の連中も心配してるんだ」

「なんの病気かわからないってことなのかしら。それとも薬が効いていないとか？」

「そこまでは分からないけど。持病の多いおっちゃんだからさ、よく薬は飲んでるよ」

筋痙攣に浮腫み、持病が多い……よく薬を飲んでる……？　出てきたキーワードを頭の中で反芻する。

──1つ気になることがあった。

「ごめん。だから何だって話だよな。忘れてくれ」

「いいえ。ライ、その騎士に会えるかしら？　私、原因に心当たりがあるかも」

「え？　お、おう。姫様の命令とあればいつでも会えるけど。一体どういうことだ？」

「会って診察してみないことには確実なことが言えないわ。今から行く……のはさすがに急ね。2時間後に会えるように手配をお願いしてもいい？」

「分かった」

ライが上司で騎士団長のガリニスさんに念話を飛ばす。

「──オッケーだって」

件のおっちゃん騎士はちょうど非番で寮にいるらしい。

「ありがとう！　あー……、この格好で大丈夫かしら？　人と会うとなると王妃っぽくないとだめかしら。ごめん、ライに聞いてもわからないかもしれないけど……」

「王妃たるもの時と場合によってドレスコードがあるんですのよ」とロシナアムが言っていたし、王妃教育でも教わった。髪型から着るもの、装飾品に至るまで色々決まり事があるらしい。王妃自身が覚える必要はないとのことだったので、さして興味のない分野だったこともあり全てお任せしていた。

騎士であるライは当然そのあたりは業務範疇《はんちゅう》外《がい》だろう。こうなるなら自分でも覚えておくべきだったわと反省しつつ、別の侍女に来てもらおうとベルに手を伸ばす。と、ライがそれを軽く制止した。

おやと思うと彼は真剣な目で私の格好を眺めていた。

「面会相手はただの騎士だから、そこまで着飾る必要はないな。そのワンピースは上質だからそのままでいい。髪型と装飾品でバランスをとれば十分だろう」

「ええっ、ライ、わかるの⁉」

まさかの返答が返ってきたので驚きを隠せなかった。

「俺らは使用人とか執事に扮《ふん》して潜入捜査することもあるから、一通りのマナーは頭に入ってる。任務によっては女性が標的だったりするし、装飾品の良《よ》し悪《あ》しも基本的なことは叩き込まれてるんだ」

「そ、そうなんだ！　腕っぷしだけじゃなくてそういう能力も騎士には必要なのね。……で、ライは女性を相手に任務をすることもあるわけね？　なんだか意外だわ」

外ではもっぱら無愛想だというライ。異性に笑顔を向けている姿を思い浮かべてついニヤニヤしてしまう。

ライはかあっと顔を赤くした。

「な、なにニヤついてんだよ？　い、言っておくけどな、仕事だから仕方なくやってんだぞ！」

「はいはい、わかってますよ。嘘でもそういう態度が取れるんであれば安心だなと思っただけよ」

ライも28歳。いい人を見つけて身を固めてもおかしくない年齢だ。結婚イコール幸せとは思わないけれど、心許せるパートナーがいるのはいいことだ。

「本当に分かってんのかよ……。まあ、そういうことだから、時間もないし早く支度するぞ。俺が髪を結うからとりあえずそこに座れ」

「ライがやってくれるの？　器用なのねえ。ありがとう！」

彼が示す鏡台前の椅子に移動する。

「とある屋敷《やしき》に使用人として潜入したことがあってさ。そこの小さなお嬢ちゃんに何でか気に入られちゃって、毎朝あーでもないこーでもないって色んな髪型を結わされてたんだ。あれは結構鍛えられたよ」

長身のライは鏡に胸までしか映らない。長い指が髪に触れる。

──あっという間に綺麗に編み上げられたアップスタイルが完成した。仕上げに大粒のエメラルドをあしらった髪飾りが添えられる。

少し屈んで髪型を確認したライ。ちらりと鏡に映ったその顔は、なぜか見たことがないくらい幸せな表情をしていた。

7

約束の時間に騎士団の寮を訪れる。昼間ということもあり、ほとんどの騎士は任務や訓練で出払っていた。

静かな建物内を進み応接室に入ると、１人の男性騎士が姿勢よく座っていた。彼は私の姿を認めるや否や勢いよく立ち上がり敬礼をする。

「おっ、王妃殿下！　わわわわたくし、第２騎士団で隊長を仰せつかっておりますロルフと申します！　このたび王妃殿下におかれましてはご機嫌麗しゅう──！」

「こんにちは。ロルフさんですね。セーナといいます。どうぞ楽にして座ってください」

彼に椅子を勧めて自分も着席する。

第2騎士団の隊長ということは、研究所があるロゼアムを担当する部署の隊長さんね。筋骨隆々としたおじ様だけれど……なんだか不健康な顔色だわ。

漢方の望診《ぼうしん》は患者と対面したその瞬間から始まっている。

ライが肉ダルマと表現した通り、おっちゃん騎士ことロルフさんはプロレスラーのように大きな身体をしていた。栗色《くりいろ》の短髪をしており、もみあげと髭《ひげ》は繋がっていて顔周りが非常に毛深い。一方で、いかめしい見た目に反してその瞳は小動物のようにつぶらなんとも可愛らしく光っていた。

今日は非番だと聞いていたけれど騎士の正装をしている。多分、というか絶対、私と面会することになったからだと思う。気を遣わせてしまって申し訳ない。

「えーと、ロルフさん。座って大丈夫ですよ」

先ほど椅子を勧めたのに、もじもじして立っているから再度声を掛ける。

「ああっ、はい！　し、失礼します!!」

大きな身体をどたどたと動かして彼はようやく着席した。気の小さい人のようだ。

「お休みの日なのに押しかけちゃってすみません。ライからあなたの体調が悪いと聞きまして、気になることがあったのでお時間をとってもらったんです」

「は、わたくしのような者に王妃殿下の貴重なお時間を割いていただきまして――！このご恩は日々の任務にてお返しすることしかできませんが、引き続き誠心誠意務めさせていただきます！」

丸太のような太腿の上に手を置き、がばっと頭を下げるロルフさん。

「ろっ、ロルフさん、お気持ちは十分に伝わっていますから大丈夫ですよ。ここにはライと私しかいませんし、気楽にしてください。それでさっそくですが、お願いしていた物は持ってきていただけましたか？」

「ははっ！　わたくしめが飲んでいる薬をご覧になりたいとのことで……こちらでございます」

彼は足元に置いた麻袋から次々と薬を取り出して並べていく。

「恥ずかしながら持病が多数ありまして。薬師でもあられます王妃殿下のご功績により、国内で漢方薬なるものが流行しているのはご存じの通りです。体質に応じて種類が色々あるというのでわたくしも興味を持ちまして、今まで飲んでいた薬湯を漢方薬に切り替えました。これが、ええと、甘麦大棗湯《かんばくたいそうとう》で、不眠症に飲んでいるものです。ああ、申し訳ございません、殿下は当然ご存じですよね」

「いえ、詳しくお話ししてもらったほうが助かります。続けてください」

「そ、そうですか？　で、では、次がこれです。人参湯《にんじんとう》と黄連湯《おうれんとう》、だったかな。胃の痛みに飲んでいるものです。で、最後がこちら。最近筋肉が攣るので芍薬甘草湯《しゃくやくかんぞうとう》というものが増えました。……これだけ飲んでいるんですが、手足に力が入らず気分も悪く、仲間の騎士たちにも心配される始末です。こうして王妃殿下にまでお気遣いいただくことになり、恐縮の至りです」

「それだけの薬の名前をよく覚えてらっしゃいますね？」

薬の多さもさることながら、その名前までしっかり記憶しているのには驚いた。漢方薬は長い名前が多いので、時折自分でもなんだったかしらと思うことがあるくらいなのに。

「わたくしめは自分がどんな薬を飲んでいるのか気になってしまうたちでして。紙に書き留めて忘れないようにしております」

「そうなのですね。いえ、素晴らしいことだと思いますよ」

「王妃殿下はお優しいですね」

照れくさそうに頬を掻くロルフさん。

――その大きな手は明らかに浮腫んでいて。飲んでいる薬や彼の訴えも考慮すると、私の予想は的中していることを確信させた。背筋を伸ばして向き直る。

「ロルフさん、すみません。これは私の不手際です。まずは謝罪させてください。あなたの体調不良は私の責任です」

「……は、はいっ？」

「姫……セーナ殿下。どういうことでしょう」

驚くロルフさんとライの目の前で、私は頭を下げた。

「結論から言いましょう。近頃の体調不良は偽アルドステロン症というものです」

「ぎ、あるどすてろん……？　なな、なんでしょうか、それは？」

困惑の表情を浮かべるロルフさんに説明していく。

「漢方薬がいくつかの生薬の組み合わせで成り立っていることはご存じですね？　その１つに甘草というものがあるんですけれど、これを摂《と》りすぎると偽アルドステロン症という病気になってしまうんです。偽アルドステロン症の症状は筋肉の痙攣や手足のだるさ、浮腫みなどです。……最近のロルフさんの症状にそっくりだと思いませんか？」

彼ははっとして目を見開き、「確かにそうです」と一言小さく呟いた。

「偽アルドステロン症は甘草の量が一日あたり７・５グラム……つまり75パメラを超えると出やすいと言われています。ロルフさんが持病で飲んでいた甘麦大棗湯、人参湯、黄連湯に含まれる甘草は合計１１０パメラ。これにより偽アルドステロン症を発症したと考えられますが、そうとは気付かず筋肉の攣りを抑えるため更に芍薬甘草湯が追加されました。それにも甘草が60パメラ入っていますから、合計すると１７０パメラの甘草を摂取していたことになります。それでますます体調が悪化してしまったんですよ」

「そ、そんな……」

がっくりと大きな肩を落とすロルフさん。

よかれと思って飲んでいた薬がかえって体調を悪くしていた。やりきれない気持ちでいっぱいだろう。

そして私も申し訳なさでいっぱいだった。漢方薬は安全性が高い薬ではあるけれど、副作用がないわけではない。なかでも甘草による偽アルドステロン症は薬剤師であれば誰もが知っている初歩的な副作用だ。漢方薬を国内に広めた身として、流通後の注意が甘かったと言わざるを得ない。

漢方薬は研究所の担当部署を通して国内に広めている。使用上の注意や副作用については薬に添付している説明書に記載しているものの、忙しい医療従事者がすみずみまで目を通しているとは限らない。複数の処方を併用すると甘草量が増えて偽アルドステロン症のリスクが上がるということも含め、今一度注意喚起を行う必要がありそうだ。

このあたりの事情も添えてから再び頭を下げる。

「2度とこういうことが起こらないように対策します。ほんとうにすみません」

「いっいえ、王妃殿下が頭を下げるなんてとんでもないことです！　お薬の説明書には書いてあったということですし、かかったお医者さんがうっかりしていたんでしょう。運が悪かったと、そう思うことにします。それで殿下……偽あるどすてろん症、っていうのは治るんでしょうか？」

「はい、治ります。甘草の過剰摂取を止めればいいので、今飲んでいるものをいったん全て中止しましょう。そうすれば大丈夫ですよ」

「よ、よかった！　これ以上悪くならずに済むと分かっただけで、すごく嬉しいです！」

つぶらな瞳からぽろぽろと涙がこぼれていく。

ぐすんぐすんと肩を震わせるロルフさん。大柄で強面《こわもて》なのに不眠と胃痛の薬を飲んでいるあたり、繊細な性格なのだろう。

「偽アルドステロン症の症状が治まったら不眠と胃痛の漢方は再開しましょう。とは言っても今の処方だと甘草の量が過剰ですから、別の薬を私が考えますね。そもそも漢方薬は同時に3種類以上飲むのはお勧めしません。生薬同士が喧嘩をしたり、効き目がぼやけたりすることがありますから。そのあたりも今一度周知しないといけないですね……」

「あっあっ、ありがとうございますっ!!」

「よかったな、おっちゃん！」

ライがむせび泣くロルフさんの肩を抱く。

薬を飲んでも飲んでも治らない、むしろ悪くなるというのはすごく不安な状況だっただろう。もしかしたら、国内には彼と同じ状況の人が他にもいるかもしれない。

……薬を作って提供するだけではなく、その後適正に使われているか、不安なく服用できているかというところまで責任を持ってやっていかないといけないわね。今回はロルフさんが自分の飲んでいる薬をきちんと覚えていたから素早く解決することができたけれど、把握していない人のほうが多いだろうから。

再生医療に注力するあまり他のことがおろそかになってしまっていた。所長として、王妃として、もっと視野を広く持たないとだめだわと私は深く反省した。

新たな課題はさっそく研究所に持ち帰り、議論を始めたのであった。

8

ロルフさんの一件から数週間後の夜。私はベッドの中でデル様に引っ付き、いつものようにその日にあった出来事を報告していた。

「——色々検討して、ロルフさんは加味帰脾湯《かみきひとう》へ処方をまとめることにしました。じっくり問診《もんしん》をしてみたところ、彼は神経の細さやイライラが諸症状の原因になっていたんです。今回の件で、体質の見極めや飲み合わせの確認が重要課題だと明らかになりました」

「ふむ、続けてくれ」

デル様の低くて穏やかな声。

「担当部署と話し合いを重ねまして、漢方の考え方を今一度復習し、処方は最低限の薬に留めるようにと医療機関へ通達を出しました。それと、『お薬手帳』の導入も開発部に依頼しました。国民ひとりひとりにお薬手帳を発行し、病院にかかるときは持参してもらうようにします。薬の処方履歴を手帳に書き記してもらうことで飲み合わせを管理できるようになるんですよ。これは元居た世界にあった仕組みなんですけど、ロルフさんが薬のことをメモしていると聞いて思い出したんです！」

夕食と湯あみを終えたあとの、ゆったりとしたこの時間が好きだ。

すっかり細くなって私の両手で抱きしめきれるようになってしまったデル様だけど、彼の匂いをすんすん嗅いで寄り添うだけでも日々の疲れが吹き飛ぶのである。

彼は引っ付く私の髪を優しい手つきで撫でる。

「とても良い考えではないか。この国の医療はそなたの功績でどんどんと進歩している。お薬手帳は国民自身が自分の健康状態を把握し、そして共有するために大きな助けとなるだろう」

「ありがとうございます。手帳のデザインも色々考えているんですよ。加えてですね、普及を促進させるために、手帳にはなんと研究所付属工場の見学券がついてきます！

これはまさに一石二鳥！　国民に薬学の素晴らしさを体感してもらうチャンスですし、何人かは我が研究所に入ってくれるのではないかと期待しています。……あ、すみません。調子に乗って一気にしゃべりすぎました……」

　薬や研究が絡むと自分でも驚くほど饒舌《じょうぜつ》になる。早口でまくし立てて、言い終わってから恥ずかしくなるのはもはやいつものことだ。

　くっ、とデル様が笑い声を噛み殺す。

「我が妃は商売上手だな。夢中になっているそなたは実に生き生きとしている。好きなことをしているように見えて、その実国のことも考えてくれているのだから国王としては嬉しい限りだ。なんならわたしより国王に向いているのではないか？」

　悪戯っぽくこちらに流し目を送るデル様。

「ええっ、やめてくださいよ！　そりゃあデル様の公務をお手伝いするということはやぶさかではありません。でも、私が国王っていうのは可笑しいでしょう。ブラストマイセスが滅びますよ」

　冗談でもやめてほしい。私はデル様の隣で研究に勤《いそ》しむ毎日が理想なのだ。政治のことなんて王妃教育でちょっぴり習っただけだし、なによりこんな素人が国王だなんて国民が可哀想だ。

「あながち冗談ではないかもしれないぞ？　国王というのは誰でもなれるわけではない

からな。民を守る強大な力を持ち、そして国を護《まも》る広い考え方が必要だ。セーナには強さがあるし、広い視野がある。……こらセーナ、やめないか！　腹をつねるでない！　すまない、少し戯れが過ぎたようだ！」

デル様がことのほか真剣なトーンで冗談を言うので腹をつねりあげてやった。

筋肉が落ちているので痛かったとみえる。彼は身をよじって逃れ、参った参ったと苦笑いしながら謝ってきた。

「もう！　私は平穏に研究をして過ごす毎日が理想なんですから、国王業はデル様が頑張ってくださいね。——それで、デル様は今日はどのように過ごしましたか？」

「す、すまなかった。わたしか？　まあ特段いつもと変わりはなかったな。税率軽減の提案書を議会に投げたり、陸橋建設の予算について宰相と話し合ったり。そんなことをした後は横になっていた。魔力の制御に力を割いているせいか、やはり消耗が激しいように感じる」

「税の軽減、実現しそうなんですね！　デル様がずっとやりたいと言っていたことがいよいよ現実になりそうで嬉しいです」

国民第一のデル様は、彼らの生活に直結する税について常々軽くしてやりたいと言っていた。しかしながら国全体の土地整備、疫病の対策などに予算を使っていたので、即位して100余年の今まで実現できなかったのだ。ようやく余裕ができたということなのだろう。

「そなたのおかげだ、セーナ。漢方調合レシピや研究所が開発した医薬品を求める国は多く、大きな利益を生み出している。わたしはただ国の舵取《かじと》りをしているに過ぎない」

「お役に立てているなら嬉しいです」

「もちろんだ。そなたのおかげで今のブラストマイセスがある」

穏やかな青い瞳でじっと私を見つめるデル様。結婚してもうしばらく経つけれど、その瞳に囚われると身体がかあっと熱くなってしまう。

なにしろ今は彼のベッドで添い寝しているような状態だ。しばらく前から彼の体調を鑑みて寝室は別になっている。私のデル様耐性は落ちるばかりで、ちょっとした動作にもどきどきしてしまう。自分から引っ付くのは平気なのに、デル様からのアクションには緊張してしまうのはなぜなんだろう。

気恥ずかしくて話を逸らそうと口を開く。しかし、先に言葉を発したのはデル様だった。

「そうだ、セーナ。そういえばロルフはどうなった？　先日、甘草というものの過剰摂取によって体調を崩したと聞いていたが。新しい薬はもう決まったのだろうか？」

――どくん、と心臓が高鳴った。

「えっ、デル様？　さっきお話ししたじゃないですか、加味帰脾湯になりましたよって。

それでお薬手帳も普及させることにしたっていうくだり。ふふふ、さては適当に聞いてましたね？」

デル様が適当に私の話を聞くことなんて出会ってから一度もなかった。私が一方的に研究や調合の話をしていようと真剣に耳を傾けてくれていた。彼はどんなときも誠実で、自分よりも相手を大切にするひとだから。

そう、私は知っている。彼のほんとうの姿を。たくさんの年月を一緒に過ごして、感謝しきれないくらいの温かい気持ちを受け取ってきた。

だから、私は彼がどんな状態になったとしても支え続けたい。そう思うけれど、この瞬間にはまだ慣れることができずにいる。

ふう、と小さく深呼吸をする。ゆっくりと身体を起こして、不思議そうな表情をしているデル様の手を取る。

「デル様。……ご病気が進んでいるようですね。覚えていらっしゃるかわかりませんが、デル様はこのごろ記憶が曖昧になることがあるようです。具体的には、直近に見聞きしたことを忘れてしまうとか、記憶が前後するといったことが見受けられます。忘れてしまったことは、思い出すこともあれば、忘れたままということもありました。――信じてもらえますか？」

彼の顔を見ながら、ゆっくりと話しかける。

　はっと綺麗な瞳が見開かれ、そして大きな手で顔全体が覆われた。

「……そうか……そうだったのか。わたしはまた…………。もちろんそなたの言葉は全て信じている。わたしの唯一を疑うことなどあり得ない。……すまない、セーナ。わたしはずっと苦労をかけてばかりだ。そなたを幸せにすると、そう誓ったのにだ……」

　途切れ途切れに言葉を紡ぐデル様。少し掠れた声は苦悩に満ちていて、思わず胸が締め付けられるような音だった。

　わかっている。一番辛いのはデル様なのだから私が悲しい顔をしてはいけない。

　自らの顔を覆ったデル様のしなやかな指の間から、つうと一筋透明なものが流れ落ちる。それは枕の白いリネンにはらりと落ちて小さな染みを作った。

　眉に力を入れて込み上げる熱いものを押さえつける。声が震えないように喉を叱咤し、デル様の胸を優しくさする。

「大丈夫です。私が必ずデル様をお助けしますから。万が一デル様が私を忘れるようなことがあっても、絶対にお傍を離れたりしません。だから、デル様はなにも恐れなくていいんです。私を信じて一日一日を大切に過ごしてください。夜寝る前に、今日は素敵な日だったなと、そう思えるような日々を過ごしてください。ただそれだけでいいんです……」

　大きな手のひらの隙間から涙が静かに流れ続ける。

言い終えて、誰に向けるでもなく私は精一杯の笑顔を作った。


【薬師メモ】

加味帰脾湯とは？

帰脾湯に柴胡《さいこ》、山梔子《さんしし》、牡丹皮《ぼたんぴ》を加えた（加味した）もの。
・使用例：帰脾湯の病態に加え、イライラやのぼせ、胸苦しさといった内熱症状がある場合。
・原典：済生方

9

焦ってはいけないと思うのに焦りが止まらない。冷静さこそ研究の要だと知っているのに、自分で自分の気持ちがコントロールできないのだ。

そしてそんな精神状態で取り組む実験は得てして上手くいかないものである。

手に滲む汗を感じながら、私はありったけの時間を実験につぎ込んでいた。

デル様の皮膚は立派な線維芽細胞に成長した。次のステップはこの線維芽細胞をｉＰＳ細胞にすることだ。予想通りではあるけれど、やはりここが鬼門だった。

「セーナ、少しは休んだらどうだい？　朝から休憩なしで作業しているじゃないか」

後ろから聞こえるサルシナさんの声。

「大丈夫です。倒れることがないようにしっかり体力は計算してありますから。試したい実験があと100通りはあるんです。休憩している時間がもったいないです」

振り返らずに答える。目線は作業をする手元を見たままだ。

「……………そうかい。陛下を救いたい気持ちはあたしも一緒だからさ、あたしにできることがあったら頼ってくれるね？」

「もちろんです。サルシナさんなくしてこの実験は進められませんから、ものすごく頼りにしています。とりあえずサルシナさんは休憩をしてきてください。戻ったらスイニーの血清処理をお願いします」

「スイニーの血清処理だね。分かった」

遠ざかっていく足音を聞きながら、私は頭の中で次の実験の内容を考えていた。

7月1日
化合物ライブラリーのスクリーニング　1巡するも活性なし

7月23日
再現をとりつつ複数のサンプルを組み合わせて試してみる

複数サンプルのスクリーニングでも活性なし
方針転換　培地に血清を加えてみる　まずは10％スイニー胎児由来血清を添加
8月1日
細胞死滅　スイニーと魔王の種差によるものか？　魔族由来血清ではどうだろう
サルシナさんとドクターフラバスが協力を申し出てくれた
8月7日
宰相さんから緊急連絡あり　デル様がセーナはどこだと探しているとのこと　研究所にいることを伝えても信じられない様子　早めに帰ってデル様の傍にいることにする
8月13日
サルシナ・フラバス血清培地で僅かに細胞の形態変化あり
サルシナさんによると、魔力の量が関係しているのかもと
デル様に次いで魔力の多いガリニスさんに協力を依頼　魔力量が細胞への親和性に関係しているとすれば期待できそうだ
8月21日
ガリニス血清培地で育てた細胞に球状変化あり　しかしその後死滅
魔力量が影響している可能性が高くなった　しかしガリニスさん以上に魔力の高い魔物はいない　どうする？

8月27日
朝から気分が悪く食事を戻してしまった サルシナさんの勧めにより早退 昨日食べたものが悪かったんだろうか？ 体調を崩している場合じゃないのに
9月5日
次の実験についてサルシナさんと話し合うも方針決まらず
これというアイデアが浮かばない ちょっと疲れているのかもしれない
9月11日
調べもので一日が終わる
9月16日
今日もだめだった なにも成果を出せていないのに疲れている
ぼうっとしている時間はないのに手が動かない
9月25日
私の力では無理なのかもしれない……
いや、無理じゃない 私が弱気になってどうする？ 辛いのはデル様だ
夜眠れない日が増え昼間に眠気がくる 身体と頭が重い
9月28日
医療ミーティング日 デル様の症状は進行している

有効な案は出ず　緩和ケアについて考える必要性ありか
10月8日
宰相さんから緊急連絡　デル様が大量に吐血したとのこと
もう実験は諦めてずっとお傍にいたほうがいいのか？　あとどれぐらい時間は残っているんだろう　つらい
10月12日
気持ちが落ち込んでいる　実験のアイデアもない　悪い考えばかり浮かぶ
10月15日
ああああああああああ
10月17日
だいじょうぶ、だいじょうぶ　まだやれる？
10月19日
（判読不能）
10月20日
（同）
10月22日
（判読不能　実験メモはここで途絶えている）

10

季節が巡り、小雪が舞うころ。

再生医療の研究を始めておよそ半年が経とうとしていた。

私とサルシナさんはデル様のｉＰＳ細胞の作製に成功していた。今はそこから角を作る実験に進んでいるところだ。

異世界におけるデル様ｉＰＳ細胞、略してＤｉＰＳ《ディップス》細胞の作製はまったく一筋縄ではいかなかった。私もサルシナさんもまさに満身創痍《まんしんそうい》だった。

思いつく限りの様々な方法を試したのだけれど、デル様の線維芽細胞は頑なにＤｉＰＳ細胞にならなかった。参考にできる論文もないし、材料も試薬も満足にない中で私は途方に暮れていた。ついには体調を崩し、研究所に出勤すると気分が悪くなるという現象まで起こり始めていた。焦りと不安から精神状態がおかしくなり、挙動不審な行動ばかりとっていた。極限状態だったと思う。

アイデアは尽きた。心身の調子も悪い。そんな最悪の状況を打破したのは忘れもしない10月28日。ため息と共にぽつりとこぼれたサルシナさんの一言だった。

「この細胞は何をしても反応が悪いねえ。本物の陛下だったら、あんたの言うことならよく聞くんだろうにさあ……」

その言葉で私は閃《ひらめ》いた。

デル様の線維芽細胞と私の細胞を一緒に培養してみようと！

もちろん私の細胞が一緒ならデル様の線維芽細胞がやる気を出すと期待したわけではない。２種類以上の細胞を一緒に培養することを共培養と言い、これはれっきとした実験の手法なのだ。

実際のヒトの体では、細胞は１個で存在しているのではなく様々な種類の細胞や組織と関わり合って存在している。その状況をシャーレの中でも再現するというわけだ。

細胞が互いに影響し合うことで、思ってもみなかった実験結果が出ることがある。

そもそも今の私の細胞は不老不死細胞なうえ、かなり薄れてしまったけれどデル様と同じ魔力をまとっているはずだ。人知を超えた得体の知れない働きを持つことは間違いなかった。

さっそく自分の皮膚から細胞を採取しデル様の線維芽細胞と共培養した。

すると——できたのである。ＤｉＰＳ細胞が！

答えがまさか自分の中にあったなんて。サルシナさんの一言がなければ絶対に思いつかなかった。感謝してもしきれない。

私の不死身細胞から産生されるなんらかの物質が、デル様の線維芽細胞を幹細胞化させたと考えられる。不死身化と幹細胞化は考え方として通ずるものがあるので、十分あり得る話だ。

詳しい仕組みについては色々落ち着いたら研究テーマの1つとしてじっくり取り組みたい。とにかく今は角再生計画を推し進めるのが先だ。今回の一件でどこにヒントがあるかわからないことが判明したので、更に視野を広げて突拍子もない試みもどんどん試すようにしている。

そして肝心のデル様の体調だけれど。とても悪い、と言わざるを得ない。

一日中ベッドに横になって過ごすようになっている。食事は固形物がとれなくなり、口数もかなり減った。ドクターフラバスによると、身体の不調が悪化しているというより魔力のゆらぎが大きくなっているという表現が正しいらしい。魔力と肉体のバランスが崩れていて、気を抜くと魔力が大暴走してしまう状態なのだとか。

「大暴走するとどうなるんですか？」と質問したところ、「門が全開になって異世界人が出入りし放題になるよ。あと、陛下が陛下じゃなくなるだろうね。魔物の本能だけになっちゃう可能性が高い。うーん……、言いづらいけど、確実に国王ではいられなくなるだろうねえ。あはは、ブラストマイセスはすごくピンチになっちゃうね！」と。

高笑いするドクターフラバスに、彼は壊れてしまったのだろうかと、ちょっと、いやかなり心配になった。彼は彼でデル様の諸症状緩和のために日々付きっ切りで治療に当たっていて、目の下のクマは今や墨汁のように真っ黒だ。私が追い込まれているのと同様に、ドクターフラバスも筆頭医師として重圧を感じているに違いなかった。

　誰もが必死にデル様を救おうとしていた。

　サルシナさんと日々研究所に籠り切り、とにかく実験を進めている。そのぶんたまにお城に帰ったときはずっと彼の傍で過ごしている。

　寝たきりであってもデル様は決して弱音を口にしない。横になりながらも書類に目を通したり宰相さんと政治について議論したりと、できる仕事をしている。私のこともすごく大切にしてくれて、以前と変わらない愛情を注いでくれる。変な言い方だけれど、彼が一番明るいのである。

　無理をしているんじゃないかと思って、そう聞いてみたことがあったのだけれど。

「全く無理はしていない。わたしにどれぐらいの時間が残っているのか分からないから落ち込めないだけだ。明日が最後なのだとしたら、今日を全力で過ごさないと後悔するだろう？」

　なんてサラッと言うから涙が溢れてきてしまった。間接的ではあるけれど、彼が「死」という内容を口にしたことはこれが初めてで、すごくショックだった。

　医療者として私自身は最悪の事態を常に考慮していたけれど、彼自身もそれを意識していたという事実がたまらなく胸を締め付けた。

「セーナ。これまでのそなたの全てに感謝している。わたしはこのような姿になってしまったが、そなたの生はまだまだこれからだ。わたしがわたしでなくなったら——」

「その先は聞きたくありません。約束を破るひとは、嫌いです」

大人げないと思いながらも、つい強い口調で返してしまった。けれどもデル様は怒ることもなく、「そうか。分かった。すまなかったな」と言って、穏やかに微笑んだ。

「大丈夫です。デル様は私が必ず治しますから、なにも心配いりません」

それはデル様に向けてというより、半ば自分に言い聞かせているようでもあった。

本音を言えば不安でたまらない。旦那さんの命がかかった逃げ場のない重圧で日々押し潰されそうになっている。私は30歳で死んでいて、研究者としての実績はあるけれど経験は浅い。行き詰まったときに、気合と根性以外でどうやって乗り越えるのか知らない。

自分の知識と、知識を具現化する両手。これしか武器はない。未知なるものに挑む楽しさは、いつの間にか心細さに変わっていた。

自分はできる。絶対にできる。朝晩顔を洗うときも、鏡に映るぼさぼさ頭の女性に向かって言霊を繰り返す。

「私は薬師。研究者。絶対にできる。人間の英知は決して病気に負けたりしない。デル様は私が必ず助けてみせる」

晩冬の夕焼けが頬を赤く染めていく。

私は今日も、研究器具に囲まれて一日を終えるのだ。

11

ＤｉＰＳ細胞ができてから更に半年が経った。再生医療の研究に取り組み始めてからだと丸1年だ。季節は1周して外は緑が眩しい季節になった。

デル様の角はようやく完成していた。移植に耐えうる大きさまで組織が成長し、機能面も問題ないと考えられた。

ごく簡単に結論だけ言うと、デル様のお父様の毛髪成分を抽出・添加した培地を用いてＤｉＰＳ細胞と骨髄細胞を共培養し、折れた角の粉末を振りかけたところ、ＤｉＰＳ細胞は角へと成長したのだ。

毛髪は冥界事変で持ち帰ってきたマントから得た。お父様の力を借りて角が完成しましたとデル様に話しかけたところ、返事はなかったけれど一筋の涙がかさついた頬を伝って流れた。

デル様の容体はかなり深刻な状態にまで悪化していた。魔力と肉体のバランスがとれなくなった彼は、自身に魔術をかけて深い眠りについていることが多かった。起きているときでも言葉は発せず、冷えた汗を浮かべながらじっと横になっていた。自身の魂を盾にして強大な魔力を封じ込めているのだとサルシナさんが教えてくれた。

　ことは一刻を争った。

　迷いはなかった。迷っている時間はなかった。角が完成してすぐ私たちはデル様に移植することを決断した。

　秘密裏かつ緊急に行われた手術。ドクターフラバスが執刀し、私も助手として立ち会った。

　銀のトレイの中。生理食塩水に浮かぶ琥珀の角は、デル様の頭へと丁寧に移動された。術野を照らす照明の角度を変えながら、目視できる神経を繋ぎ合わせ、緩やかに巻いている螺旋《らせん》の傾斜も寸分の誤差なく合わせた。

　ドクターフラバスの額に浮かぶ汗をガーゼで押さえながら、私は手術の成功を祈った。

　15時間にも及ぶ大手術だった。

　問題なく角は移植された。麻酔時間も適切で完璧な手術だった。

　――――はずだったのに。

　手術の後、デル様が目を覚ますことはなかった。

◇

『為《な》せば成る　為さねば成らぬ何事も』

歴史の教科書で目にして以降、私の一番好きな言葉だ。

「できそうもないことであっても、強い意志を持ってやり通せば必ず実現できる」という意味である。日本で暮らした時代も、そしてこの異世界に来てからも、この言葉を胸に日々を懸命に生きてきた。

やればできる。できないのは努力や挑戦が足りないからだ。ただそれだけ。躓《つまず》いても、挫《くじ》けそうになっても、諦めない限り成功するのだと。

——けれど、挑戦する気力も意味もなくなってしまったときはどうしたらいいのだろう？

私はその答えを、いまだ独りで自問自答している。

第十二章　華蝶の玉座

1

「セーナ陛下、こちらはどうしますか？　オムニバランの陸橋工事の件です」

「陛下、来年の予算の確認をお願い致します」

「隣国から親書が届いております」

「ありがとう。確認しだい宰相を通じて返却します。そこのトレイに入れておいてね」

臣下たちが持ってきた書類の山を見て、心の中でため息をつく。

彼らがドアの向こうに消えるのを目で追い、扉が閉じた瞬間がばっと机に突っ伏す。

「あ〜やだやだ！　書類仕事なんてちっとも楽しくない。実験がしたい！　研究所が恋しい！」

執務机をぽかぽかと殴るけれど、少々力を込めたとて重厚な一枚木でできたそれはびくともしない。両腕に顔をうずめて肩を震わせていると、侍女兼護衛が呆れ返った声を出す。

「いい加減慣れてくださいませ、セーナ陛下。国王業ももう10年になるんですから、最初に比べれば随分と楽になったではないですか」

「楽になったらなっただけ新しい仕事が入るんだもの！　私は少しでも研究に携わりた

いから時間を作ってるのに、それじゃなんの意味もないじゃない！」

がばっと顔を上げて素早く引き出しを開ける。スケジュール帳を開いてロシナアムの顔前に突き付ける。

びっしり黒い文字で埋まっているそれを見て、彼女はふいと目を逸らした。

「……宰相殿にお伝えいたします」

「うん、是非そうして。不老不死とはいえストレスは普通に溜まるんだから」

はあ、と再びため息をついて背もたれに身を沈める。国王の椅子とあって革張りで綿の詰まった良い椅子だ。そんな上等な椅子でも精神的な疲労までは癒すことができない。

覚悟を決めて机の角にあるトレイに手を突っ込む。がさごそと手をさ迷わせ、なるべく薄そうな書類をつまみ取る。

国王代理になってもう10年なのね。長かったような、あっという間だったような、不思議な感覚だわ……。

——デル様は角移植術のあと、全身麻酔から目覚めなかった。

麻酔が効きすぎているわけでもなく、心臓が止まっているわけでもなかった。固く目を閉じてただひたすらに静かな呼吸を繰り返していた。

必死で原因を調べた。ドクターフラバスはもちろんのこと国内外から秘密裏に医師を集めて治療法を模索した。だけれど、どうにもならなかった。

泣いた。大声を上げて泣き叫んだ。物にも当たったし、自分を傷つけたりもした。

当時のことは正直なところほとんど記憶がない。衝撃が強すぎたのだと思う。

1年ほど経っても目覚めの見通しが全く立たないことから、私が国王代理を務めることとなった。

私なんかに務まるわけがない、ただの薬師だ。そう言って断ったのだけれど、私しかいないと中枢議会に泣きつかれてしまった。法律的にはどんな事情であれ国王が存命であれば次の国王を立てることはできないらしい。誰かが代理をすることになり、基本的には王の子か宰相が担うそうなのだけど、子供はいないし宰相さんは高齢を理由に辞退した。確かに彼は60歳を超えているから、体力的にきついのはわかる。

だからと言って私がやる理由になるのかしらとも思ったけれど、デル様が大切にしてきたこの国を他の人に任せたくない気持ちもあった。

平和で争いのない国。魔族と人間が共存し、家族の幸せが満ち溢れる国。彼の意思を正しく理解して遂行しようという気概のある人が果たしてどれだけいるのだろうか。そう思ったとき、やはり私がやるべきだという決心が付いた。

随分後になって理解したことがある。多分あのとき宰相さんはわざと国王代理を辞退した。それはきっと、抜け殻のようになっていた私に役割と生きがいを与えるためだったのではないかと。

私は王妃教育のときにお世話になった先生から再び指導を受け、国王業に専念することになった。

研究所の役職は名誉職に退き、代わりにサルシナさんが所長になった。彼女が出世を望んでいないのは知っていたから申し訳なかったけれど、長年私の助手を務めていた彼女が最も適任だった。そしてサルシナさんも、「セーナが国王になるならあたしも頑張らなきゃね」と受け入れてくれた。

この10年で新薬は数えきれないぐらい開発されたし、国民の平均寿命も延びた。

南方の海から石油が出たことにより石油化学工業が発展し、プラスチックや合成繊維だって作れるようになった。海に棲む魔物たちも関連の職に就けるようになった。

ブラストマイセスは確実に進歩している。

国の変化に国民が戸惑わないように、起こり得る問題に先回りして手を打ってきた。だけどこれは私が日本で生きていた経験があるから対応できたに過ぎない。日本の仕組みを思い出して真似ているだけで、決して政治の才能があるわけではない。

これからもっと月日が流れて、ブラストマイセスが日本を追い越してしまったら？　私は国王として正しい選択をしていけるのだろうか。そう考えると怖くてたまらない。

「デル様……私は大丈夫でしょうか。あなたが戻るまでこの国を支えきれるでしょうか。精一杯頑張りますから、どうか早く戻ってきてください。そしていっぱい褒めてください……」

　ペンを握る指に力が入る。

　もう涙は出ない。何千回、何万回と泣いたから、私の目はとうに干からびている。残っているのはデル様に対する寂寞《せきばく》の想いだけだ。

　彼の夜空のような美しい瞳。

　再びその深い青を見る日まで、私は居心地の悪い椅子に座り続けるのだ。

2

「セーナ陛下。そろそろお休みになられてはいかがですか。もう20時ですわよ」

「――あ、ほんとうだ。そうね、今日はここまでにするわ」

　集中していたらあっという間に夜が更けていた。書類をさばく速さと新しい書類が届く速さが同じなので、やってもやっても進んでいないような感覚に陥っていた。この何倍もの仕事をこなし、夕方には帰ってきていたデル様はほんとうにすごいと思う。

　手元の書類にポンと判を押し「済」と札のついたトレイに入れる。

「はあ～～疲れた。一日中座っていると身体が凝り固まるわねえ」

　ぎゅっと両手を突き上げて大きく伸びをする。首を左右に倒すとポキポキと軽快な音がした。

「ごめんねロシナアム。新婚さんなのにこんな時間まで付き合わせちゃって。もっと早く声を掛けてくれて大丈夫だよ？」

「いいえ、お気遣いなくですわ。今日は夫も遅番ですので」

ロシナアムは半年前に結婚した。

私に悪いと思ってずっとタイミングに悩んでいたみたいで、すごく申し訳なかった。侯爵令嬢が20代後半まで独身であることは極めて異例で、なにか問題があるのではないかと冷ややかな目で見られることもあるからだ。

彼女には幸せになってほしいと心から思っている。「ロシナアムの幸せが私の幸せでもあるんだよ」と何度も背中を押してようやく踏み切ってくれたという経緯がある。

「……夕食にしますか？」

ロシナアムが遠慮がちに聞いた。

「まずは温室に行くわ。部屋に軽く食べられるものを用意しておいてくれると嬉しいかな。戻ったらつまんで、そのあと湯あみにする」

「承知しました。手配したのち、わたくしは夜勤の護衛と交代いたします」

「ありがとう。お疲れさま」

彼女を労《ねぎら》い、ひらひらと手を振る。ロシナアムは丁寧にお辞儀をしてドアの向こう側へ消えていった。

パタンという小さな音を最後に静寂が訪れる。

がらんとした国王の執務室。デル様が使っていたころはあまり来ることのなかったこの部屋も、もう見慣れた日常の一部だ。

黒とブラウンを基調に整えられたシックな部屋。大きな一枚木の執務机に、低めの応接机と革張りのソファ。左右の壁には背の高い本棚が並ぶ。いずれもモデル体型のデル様に合わせて作られているので、私にはどれも大振りなのが可笑しい。

絨毯や調度品もそのまま使っている。私の使いやすいように買い替えましょうかと宰相さんが提案してくれたけれど断った。デル様は必ず戻ってくるからその必要は一切ない。私はあくまで代理なのだから。

寒くなってきたから、保湿の軟膏《なんこう》でも持っていこうかしらね。

執務机の引き出しから保湿軟膏を取り出してポケットに入れる。蜜蝋《みつろう》にオイルと薏苡仁《よくいにん》を練り込んだものだ。

書類を机の左側に片付け、ペンにインクを補充し執務室を後にする。いつデル様が戻ってもいいように彼の習慣を真似て退室するようにしている。

秋も深まったブラストマイセス。石造りの廊下はぶるりとするほど寒かった。

部屋の前に待機していた夜勤の騎士に温室に行くことを伝える。少し距離を開けて護衛されながら私は夜空の下に出た。

温室は王城の最奥。限られた人しか立ち入ることができない最も高貴とされる区域にある。執務室のある棟を抜け、中庭の噴水を越え、離宮を越え……。空気がいっそう澄んできたことを感じるともう間もなくだ。

人がふたり通れるほどの純金のアーチをくぐると、月明かりに照らされた艶やかな樹木や花が出迎える。国内外の希少な植物を集めたこの植物園は、かつてデル様が私の誕生日にプレゼントしてくれた場所だ。

赤い煉瓦《れんが》でできた小径《こみち》をゆき、広大な敷地《しきち》の中央に建つ温室へと進む。

小ぶりな一軒家ほどの温室。ガラスでできているように見えるけれど、どんなに目を凝らしても内部を覗き見ることはできない。壁はゆらゆらと凪いだ水面のように揺れ光り、温室全体が淡く発光している。

デル様は手術の前、まだ少し動けるころに、もしもに備えて色々なものを手配していた。そのことを知ったのは彼が予定よりもずっと早く眠りについた後だったけれど。

温室の特殊な建材もそうだ。魔力の漏れ出しを防ぎ、事前に登録した者しか内部にアクセスできない性質を持つものだと彼の残した資料にあった。要はいよいよ自分の魔力が暴走しそうになったらこの建材で地中深くに牢《ろう》を作り、閉じ込めてほしいということだったようだ。

温室の前に立ち、心の中で彼の名を呼ぶ。

魔法陣で転移するときのようにぐにゃりと視界が歪む。瞬きひとつの間に私は建物内部へと移動した。護衛の騎士たちは入れないので、私が出てくるまで外で待機することになる。

建物内部は30畳ほどの空間だ。真っ赤な曼珠沙華《まんじゅしゃげ》が一面に咲き誇る室内。天井はあるはずなのに内部から見るとなく、外と同じように夜空が広がっている。

その中央にあるガラスの台座の上でデル様は長い眠りについている。静かに月光を受ける姿は華の精霊のように神秘的だ。

ひとつ小さく息を吐き、彼の傍へと歩み寄る。

――目覚めないデル様をお城のベッドに寝たきりにさせたくなかった。

彼にとって安らげる環境はなんなのか、安心できる場所はどこなんだろうと考えてこの温室を用意した。牢屋用の建材を使ったのは悪い気もするけれど、セキュリティや万が一のことを考えてこれを使ったほうがいいと臣下たちから進言があった。

建物を設計する過程で、ひょんなことからデル様が太古にこの世界を統べた蝶の子孫だと知ったときは驚いた。デル様はデル様であり、なにかの魔物だという発想がまずなかったからだ。「えっ、セーナ君は知らなかったの⁉」とドクターフラバスは驚いていたけれど、どの資料や本にもそんなことは一言も書いていなかったし、デル様本人から聞いたこともない。当たり前すぎて誰も言わなかったか、あるいは聞いたけれど私が実験のことで頭がいっぱいになっていて聞こえていなかったのかもしれない。

とにかくそういうわけで、蝶の魔物であるデル様は花に囲まれている場所が落ち着くのではないかと考えた。私の植物園内に温室として設置し、内部にはたくさんの曼珠沙華を植えた。曼珠沙華を選んだのは艶美なデル様に最も似合う花だと思ったから。

「デル様こんばんは。すみません、集中していたら遅くなってしまいました」

声を掛けて彼の手に触れる。

しなやかな指に形のいい爪。手のひらはほんのりと温かく、脈に触れれば確かに彼の中には血が通っていることを感じる。

「オムニバランとゾフィーの間には陸橋を建設することにしました。いちいち山を越えるよりははるかに交通の便が良くなります。工事にかかる費用は地域活性化による税収アップで回収できる見込みです」

こうやって私はその日の執務内容を彼に報告している。

もちろん返事はないし、聞こえてもいないと思う。

でも、それは重要なことではない。これは一日の中で最も大切な時間。私とデル様がかつて過ごしていたような、ふたりだけの静かで幸せな時間なのだから。

彫刻のように美しい彼の横顔をじっと眺める。すっと筆で描いたような鼻筋に薄く引き結ばれた唇。長くて艶のある睫毛に、これ以外あり得ないという完璧な角度の眉。今にも目を開きそうなほど肌の色つやはいい。

しかし、彼が呼吸以外の動きを見せることはない。

漆黒のすべらかな髪を手で梳《す》き、そっと頭を撫でる。琥珀の双頂は完璧を取り戻していた。

移植手術は成功し、角は生着した。デル様が眠りについている間にも角はぐんぐんと成長し、今や繋ぎ目が判別できないほど綺麗に再生している。彼の姿は寸分違わず元通りであった。

「ねえデル様。もう10年が経つんですって。……さすがにお寝坊すぎませんか？　私、そろそろ寂しいです」

子供のように口を尖《とが》らせる。

「でもね、幸い私には時間がたくさんありますから。いつまでも待てますよ。デル様が起きたときに驚くような国になるよう執務を頑張ってます」

ふふふ、と微笑む。

セーナ、そなたは素晴らしいな！　さすが我が妃だ！　なんて目を丸くして言ってくれる姿を想像して、切なくも温かい気持ちになる。

「寒くなってきたので乾燥をケアする軟膏を持ってきたんです。デル様は十分美肌ですけど、一応塗っておきましょうね」

ポケットから丸いプラスチックケースを取り出し蓋を開ける。薄い黄色の軟膏を人差し指でちょいと練り取り、丁寧に彼の顔と手に塗りこめる。

「はい、できました。それにしたって不思議ですよね。ずっと寝ているのにデル様はいつも清潔なんですもの。羨ましいです」

お風呂も入っていないし身体を拭いているわけでもないのに彼は汚れない。着ている服だって時が止まっているかのように劣化しないのだ。

彼が眠りについた直後、倒れるまで何週間もひたすら横にいた時期があったのだけれど、私だけ服がよれよれになり不衛生になった。苦痛から解放されたデル様の穏やかな寝顔を眺めながら、あのときは無我夢中だったわねと苦笑いする。

話す内容がなくなったあとは彼の手足をマッサージする。ずっと寝たきりなので血行が悪くならないか心配だった。

無心で彼の引き締まった手足を揉み続けた。

「――さて。じゃあそろそろ戻りますね。明日の朝また来ます」

腕時計は22時を示している。自室に戻ってあれこれ済ませると、就寝は24時ごろだろうか。明日は朝から会議だから、デル様のところに来るためには5時に起きれば大丈夫だろうと当たりを付ける。

「おやすみなさい。デル様、愛しています」

彼の頬に素早くキスをする。自分の部屋に飾るために曼珠沙華をひとつ手折り、私は温室を後にした。


【薬師メモ】

曼珠沙華とは？

別名、彼岸花。全草に毒がある一方で、鱗茎《りんけい》は石蒜《せきさん》という生薬としても用いられる。

3

翌朝。予定通り5時に起きる。朝食を済ませ、いつものように温室へ向かった。

気持ちのいい秋晴れで、空気は冷たいけれど日差しは温かい。適度に距離のある温室まではすがすがしい気持ちで散歩ができた。

「デル様、おはようございます。ご機嫌いかがですか？」

温室に入り明るい調子で声を掛ける。もちろん返事はない。

デル様の傍へ進み顔を覗き込む。

私の旦那様は今日も美しい。すうすうと規則正しい寝息を立てていて、いい夢でも見ているかのように安らかだ。昔は苦しむデル様のお顔ばかり見ていたので、こうして無垢な寝顔を見られるのは、ある意味では悪くないとも思う。

「今日は外務大臣との会議があるんです。隣国に医薬品を輸出する関係の話し合いです。私としてはじゃんじゃん輸出して患者さんの役に立ちたいんですけど、クロードが税率にこだわってまして」

デル様のお顔を見ながら今日の予定をつらつらと話しかける。

「——そんなわけで、今日は定時で仕事が終わると思います。クロードはもともと家族第一でしたけど、子供が生まれてからは誰よりも早く退勤していきますよ」

ロシナアムも結婚したし、クロードも素敵な家庭を築いている。嬉しい変化がたくさんあったこの10年間。みんな着実に人生の歩みを進めていくなかで、私の時間だけが止まっている。

「不老不死っていう意味を、身をもって感じています。私、全然老けないんですよ？しみも皺《しわ》もできないですし。あ、でも、時々ニキビはできますね。お菓子の食べ過ぎで。……ふふ、ニキビは老化と関係なかったですね」

相変わらずの天然パーマに特徴のない地味な顔立ち。童顔と言えば聞こえはいいかもしれないけれど、国王として全く貫禄《かんろく》のない風貌のままなのだ。

「女性としては嬉しいですけど、笑い皺がたくさんついたお婆《ばあ》ちゃんになれないのが寂しく感じるときもあります。この10年みんなのことを見守ってきたせいか、心だけはうんと歳をとった気がするんですけどね」

……ちょっと自虐的だっただろうか。彼の前で暗い話はしないようにと心掛けているのに。少ししゃべりすぎてしまったかもしれない。

今日も持参した保湿軟膏を取り出し、デル様のお顔に塗りこめていく。

「……デル様と過ごした日々は、どれだけ時が流れても色褪《いろあ》せません。全て昨日のように思い出せますよ、デル様が私の家で行き倒れていた日のこと。すごくびっくりしたんですからね」

彼の指に軟膏をのせ、長い指をそうっとなぞるようにのばしていく。

「デル様は最初から優しくて公平なお方でしたね。そんなお方だから私もデル様の、そしてこの世界の役に立ちたいと思いました。今ブラストマイセスはあなたの望んでいたような方向に向かっていますよ。魔族と人間が手を取り合い、幸せな家族が暮らす国に。早くデル様にも見てほしいです」

左手が終わったので右手のほうに回り込む。ワンピースの裾に曼珠沙華がかすめ、かさりと小さな音を立てる。

「……私がいない10年間、デル様もこういう気持ちだったんでしょうか」

その年月のことは、かつてはあまり考えないようにしていた。

けれども、デル様が眠りについてからはしばしば思いを寄せることがある。彼は毎日どんな気持ちで過ごしていたのだろう、と。

今の私と同じような心持ちだったとしたら――。そう考えると、やり切れない思いでいっぱいになるのだ。

「ごめんなさい、デル様。私を再び見つけてくれてありがとうございます。そして伴侶に選んでくれたことも。あなたと一緒だからここでの生活はすごく楽しかった」

軟膏を塗り終えた右手をそっとガラス台に置く。少し伸びた爪が、かつんと乾いた音を立てた。

物寂しい気持ちを抱えたまま腕時計に目をやる。

「もう行く時間になっちゃいました。すみません、なんだか今日は湿っぽい話ばかりでしたね。また夜に来ます。クロードから面白い話を仕入れてきますから、楽しみにしていてくださいね」

彼の隣にいるとあっという間に時間が過ぎていく。正直に言えば、仕事をしないでずっとここにいたい。デル様の傍で一日中調合やスケッチをして過ごしていたい。

でも今は国王代理という立場ゆえそうもいかない。彼の国を守るという責任が私にはある。

「ああ、そうだ。忘れるところだったわ」

ポケットから黄色いものを2つ取り出す。新しく作った角カバーだ。

「昔プレゼントしたものは、たくさん使ってくださったおかげで療養中に破れてしまいましたからね。今年の冬は20年に一度の寒さらしいので、新しく作ってみました」

温室の中は暖かく保たれているので着ける意味はない。しかし厳しい寒さに備えて冬支度をする国民を見て、彼にも何かしてあげたくなったのだ。

被せる前に、見納めとばかりに見事な琥珀に唇を落とす。角にキスするのは初めてだけれど、彼の身体と同じようにほんのり温かかった。

「じゃあまた！」

自分からキスをしたくせに気恥ずかしい。護衛騎士に赤い顔を見られたくなくて、俯いたまま温室を出る。

「お待たせしました。執務に行きましょう」

「かしこまりました」

こうして今日もいつもの一日が始まる。

――はずだった。

4

……ここは……？

重い瞼をゆっくりと開く。目に映ったのは雲ひとつない青い空。

その空はありふれたようでどこか懐かしさを感じる。蜻蛉が数匹視界を横切っていった。

わたしは……確か手術を受けたはずで……。

上体を起こす。

上体が起こせたことに、驚く。

身体は軽く、魔力の循環も川が流れるがごとく滑らかだ。

久しく感じることのなかった爽快な感覚に、自分を自分だと明確に感じることのできる意識。全身にまとわりついていた分厚い膜が破れ、新鮮な空気が体内を塗り替えていく。

頭に手をやると、あるべきものが２つ手に触れた。

……わたしは助かったのか。手術は成功したのだな……！

移植手術の直前は、正直なところ体調が悪すぎて記憶が曖昧だ。それでも「絶対に大丈夫です。私を信じてくださいね」と言って手を握るセーナの顔は鮮明に思い出せる。

「それで、ここは一体……」

周囲は見事な曼珠沙華だ。鮮やかな赤が部屋いっぱいに咲き誇っている。

「美しいな。しかし、このような場所が城にあっただろうか」

首をひねるも一切心当たりがない。王城のことなら隅から隅まで、それこそ非常時の抜け道なども含めて全て把握していたはずだが。

加えて部屋に誰もいないという状況にも違和感があった。

もしや治療専用の建物が新築されたのだろうか。よく感覚を研ぎ澄ませば、この場所はわたしが用意した建材の内側であることに気が付く。であれば登録した数名しかこの内部には入れないから、たまたま誰もいない頃合いだったのかもしれない。

「とにかくセーナに会いたいな。ここを出てもいいのだろうか？　いや、何かの治療の最中なのだとしたら勝手に動くのはまずいな。ひとまずフラバスに念話してみるか」

勝手に出たことによって体調に支障があったらいけない。思うがままに動くこの軽い身体を2度と失いたくはない。

主治医であるフラバスに向けて念話を送る。

『フラバス、わたしだ。目が覚めたのだが、誰もおらぬしよく分からない部屋にいる。出てもよいか？』

『――――はいっ？　えっ、あれ、これ念話？　え、陛下じゃないよね。声がそっくりだ。もしもし、すみませんがどちら様ですか？　こちらはフラバス・ゼータ・ユニコーンですが、お間違いないですか』

『フラバス、そなたで間違いない。どうしたのだ？　いつもはそのような確認などしないだろう。とにかくここから出てよいのか知りたいのだが。体調は問題ない。魔力の循環も良好だ』

フラバスの様子がおかしい。念話の向こうで非常に慌てている様子だ。なにかに躓いたのか音声が乱れ、物が落ちる大きな音がして騒がしい。思わず念話の音量を下げる。

『いてて……。ほ、本当に陛下なんですか!?　こりゃ大変だ！　みんなに連絡しないと！　今すぐそちらに向かいます！　そのままでお待ちください！』

そこでぷつりと念話は途絶えた。冷静な男が珍しく取り乱した様子だった。

一体どうしたのだろうか？　フラバスはこんなに落ち着きのない男ではなかったはずなのだが。

そのまま待てということなので待機する。フラバスはユニコーンだから、王都中央病院から空を翔けてくるのであれば15分も掛からず到着するだろう。

早くセーナに会いたいが、彼女は研究所で仕事をしている時間だ。起きたぐらいで連絡をしては迷惑を掛ける。夜にはきっと会えるのだから、まあいいだろうと自分に言い聞かせる。

持て余したわたしは魔法を使ってみることにした。

呪文を唱えれば、呼吸や瞬きをするがごとく自然に炎や風が出現した。魔法も魔術もかつてのように自由自在に使いこなせた。懐かしい感覚に自然と頬が緩む。

「ふむ。全く問題ないな。素晴らしいな、再生医療という技術は……」

魔力のコントロールは完璧だ。全身に満ち溢れる森羅万象の力を感じながら、角とはいかに魔王にとって重要だったのか思い知らされる。

このことは書物に残して我が子孫に教え伝えていかねばならないな。ひとつでも角を失うことは即ち死と同義であると。弱点につながる機密情報だから扱いは慎重にしなければいけない。魔王直系の魔力でしか読めないような魔術紙に記そうか。

ガラスの台座に腰かけていつもの癖で脚を組む。魔術紙の作製機構について考えていると、こちらに駆けてくる小さな足音を感知した。

フラバスか。飛ばずに走ってくるとはどういうことだ？　……いいや、違うな。この足音は――。

我が妃の顔が思い浮かぶのとほとんど同時に、目の前に彼女が現れた。

「セーナ！　そなたのおかげで元通りだ！　本当にありがとう。手術は大成功だ」

愛しい妃にまずは謝意を示す。当然彼女も共に喜んでくれると思ったのだが――。

部屋に現れたセーナはわたしを見てぴたりと動きを止め、そして呆然とした。信じられないものを見たようなその表情に何事かとたじろぐ。自分の顔に何か付着しているのだろうか。心配になり思わず顔を撫で回す。

彼女は幾度も口を閉じたり開いたりして、ようやく言葉を発した。

「で、でる様……？」

ぎこちなく絞り出した声は乾き切っていた。

よほど急いで走ってきたのか肩は大きく上下している。額には汗が浮かび、顔色は真っ白だ。全身の力が抜けてしまったかのようにふらふらとしていて、今にも倒れそうなほど頼りない。慌てて駆け寄り背中を支える。

「どうしたセーナ、具合が悪いのか？　すまないな、体調のことで長らく苦労をかけてしまった。もうすっかり元気だから、しばらくそなたには休養を取ってほしい。もうすぐフラバスが来るからそなたも診てもらおう。ほら、そこに腰かけなさい」

彼女の手を取り、先ほどまで寝ていたガラスの台座へ誘う。しかし、彼女は立ち尽くしたまま動こうとしなかった。

「これは夢ではないですよね？　ほんとうに本物のデル様ですか……？」

はたと顔を見れば、セーナは瞳いっぱいに大粒の涙を浮かべていた。曼珠沙華の朱を映すそれはとても澄んで美しい。

「セーナ……？」

再度彼女の名を呼べば、大きな瞳からはらはらと涙がこぼれ落ちた。戸惑いながらも彼女を腕に囲うと、苦しそうな嗚咽を漏らし肩を揺らす。

次第に胸のところが熱くなってくる。それが溢れ出した彼女の涙だと理解するまでに時間は掛からなかった。

わたしが目覚めるまでの間に辛いことでもあったのだろうか。こんなに悲しそうなセーナは見たことがない。

彼女が大変なとき傍にいられなかった自分が情けない。しっかりとセーナを抱きしめて、形のいい頭をありったけ優しく撫でた。

「大丈夫だ、セーナ。わたしが付いている。そなたのおかげで身体も魔力も完全に回復したのだ。これからはわたしがそなたを守る。もう大丈夫だから、どうかいつもの笑顔を見せてほしい」

そう語りかければ、いっそう彼女の嗚咽が大きくなった。堪えきれない切なさが胸の中に湧いてくる。

一体何が起こっているのだ？　セーナが悲しいとわたしもどんどん悲しくなってくるな。しかし事情が分からないことには掛ける言葉が見つからない……。

寄り添うことしかできなくて口惜《くちお》しい。

何気なく周囲に目をやると、いつの間にか到着していたらしいフラバスが隅に立っていた。彼もセーナと同様に呼吸が乱れていて、額にうっすらと汗を浮かべている。

目が合うと彼は首を横に振った。

フラバスの目が赤い。心持ち濡れたような瞳だ。

――フラバスは決して涙を流さない医師だ。冷静で、そして時に冷酷な筆頭医師としてブラストマイセスの医療を牽引《けんいん》してきた。

そしてセーナもそうだ。そう簡単なことで泣くほど芯の弱い女性ではない。

ようやくわたしは自分に予期せぬ何かが起こったのだろうと思い至る。手術を受けて、麻酔から覚めただけではないのだろうと。

目線を腕の中に戻す。セーナはわたしを抱きしめ肩を震わせている。その力強さに、彼女がどれほど心細い状態にあったかということが伝わってきた。

胸の中におさまる、大切な大切な存在。

確かなその温かみを感じながら、わたしは彼女をいつまでも抱きしめた。


ひとまず落ち着いたセーナとフラバスと共に城へ戻ると、臣下がずらりと並んで出迎えてくれた。

見知った顔が明らかに歳を重ねていることに驚いた。そして自分が10年もの間眠りについていたことを知って愕然とした。温室で見たセーナとフラバスの反応はもっともなものだった。

目覚めのきっかけは、現時点ではっきりとしたことは分からないようだ。

ただ、セーナがわたしの角に口付けしたことが関係している可能性があるらしい。この角を再生するにあたってはセーナ由来の細胞を用いているそうで、口付けという粘膜接触によって彼女の魔力が角に流れ込み、角細胞が刺激されたのではないかと。……専門的な話になっていったので、その場で理解できたのはそこまでだ。

セーナが口付けをしてくれなかったら一体いつまで眠りこけていたのだろう。そう考えるとぞっとした。

話し合いの間、セーナはずっと隣で身を固くしていた。わたしがまた眠りについてしまうのではないか不安だという。それはそうだ、異世界から来た彼女をひとりにしてしまった。しかも王妃という立場でだ。不安や心配の多い10年を送ってきただろうと思うと、改めてすまない気持ちと自分に対する腹立たしさでいっぱいになった。

私室に戻ってからも、セーナはどこか険しい表情をしていた。わたしはまだ彼女の笑った顔を見ることができていないことに気付く。見晴らしのよい露台に誘い、そっと彼女の手を取った。

2度とひとりにはしない。本当にすまなかった。身体は元通りになったから、これからたくさん思い出を作ろう。セーナの好きなところに行き好きなことをしよう。

幾度も語りかけ、もどかしい思いで小さな身体を抱きしめる。

「わたしたちの幸せはこれから始まるのだ。死ぬまでふたり、共にいよう」

すると彼女は涙に濡れた顔で、ようやく白い歯を見せてくれた。

「死んでもずっと、デル様のことを愛してます。永遠に」

その言葉に、じんと胸の奥が熱くなる。わたしの唯一であり、わたしの全て。彼女は
わたしの生を明るく照らす清らかな光だ。

「わたしもそなただけを永遠に想うと誓う。セーナ、愛している」

秋の終わり、冬の始まりの季節。頭上に広がる空は抜けるように青く澄み渡る。

降り注ぐ陽の光は、ふたりの未来を示すかのように穏やかで希望に溢れていた。

エピローグ

デル様が戻ってきてからの日々は、これまで停滞していた時を塗り替えるがごとく鮮やかに色づいていた。私は彼のいっそう深まった愛に包まれながら、甘く幸せな毎日を過ごしている。

王位は彼に返還した。健康を取り戻したデル様は思う存分執務に取り組めることが嬉しくてたまらない様子で、日々ばりばりと仕事に取り組んでいる。私が代理していた間の執務は、宰相さんを始めとした周囲のサポートのおかげでおおむね問題なかったようだ。彼の意向に沿った政治ができていたことに胸を撫で下ろした。

国王の回復を国民は大いに歓迎した。景気も治安も更に上向き、デル様はこの国の精神的支柱だったことを改めて実感した。

執務の引き継ぎを終えて私は研究所に復帰した。自分の細胞を使って不老不死の仕組みについて研究をしている。薬師として国内各地に往診へ出ることも再開した。

やっぱり研究や調合は楽しい。すごく楽しい。これからは好きなことに思う存分打ち込めることに心から幸せを感じた。

——そうやって落ち着いた日々が数か月続いたころ。

今度は私が体調を崩した。どうも疲れが取れないし、食欲もない。仕事が休みの日はベッドでごろごろして過ごすようになった。

デル様が戻ってきて一気に今までの緊張が解けたからだろう。あるいは研究や調合に飢えていた反動で仕事を詰め込み過ぎたのかもしれない。

心配するデル様にそう伝えたけれども、彼はひどく慌てていて、ドクターフラバスに診せると言って聞かなかった。

「この10年、いや、その前からセーナには無理をさせただろう。いくら不老不死の身体とはいえ不調をきたしているかもしれない。どうかわたしを安心させるためだと思って一度診てもらってほしい。そなたに万が一のことでもあれば、わたしも後を追う準備をせねばならない」

いやいや、目覚めたばかりでまた後を追うとかやめてほしい。悪い冗談はほんとうによしてほしい。そう思ったのだけれど、彼の真剣で少し泣きそうな顔を前にしたらそんなことは言えなくなってしまった。

ほんのちょっぴり具合が悪いだけで、お医者さんに診てもらうほどではないのだけれど。しかし、伴侶がいない辛さは私も嫌というほど実感したので、少しでも彼の不安が取り払えればいいなと安心を買うつもりで診察を受けた。

　じっくり私の身体を調べ上げたドクターフラバスが発した言葉は、あまりに意外なものだった。

「妊娠だね、セーナ君！　おめでとう！　陛下、お祝い申し上げます。半年後には可愛らしい御子を抱けると思いますよ」

「に、妊娠ですか!?」

「それは本当か！　セーナ、ありがとう!!」

　歓喜したデル様が私に飛びつき、ぎゅうぎゅうと抱きしめた。大柄な彼を抱き留めることはできず私はベッドに沈み込む。滑らかな肌と髪が私の頰をくすぐった。

「陛下、いけません！　セーナ君のお腹《なか》には大事な御子がいるんですから。飛びつくなんてもってのほかです。他にも重いものを持つとか、激しい運動は控えるようにしてくださいね」

　呆れたように笑うドクターフラバス。その声にデル様は勢いよく跳ね起きる。

「す、すまないセーナ。お、お腹は大丈夫か？　とても嬉しくて気持ちを抑えきれなかった。フラバスの言う通り大事に過ごさないといけないな。よし、午後の執務は中止にしてゆりかごを作ろう。魔術を組み込んで自動で揺れるものがいいだろうか。どう思うセーナ？」

「お腹は平気です。それより執務を中止って、そこまでしていただかなくても大丈夫ですよ。妊娠はわかったばかりですし、ゆっくり考えてもいいと思いますが……」

デル様のあまりの喜びように、私の驚きはそちらへ持っていかれてしまった。

「心配ない！　急ぎの仕事ではないから後日取り返せばいいだけだ。こんな善き日ぐらい幸せに浸ってもいいだろう」

蕩けるような満面の笑みを浮かべるデル様。そわそわと落ち着きなく部屋を歩き回り、時折両手を顔に当てては天井を見上げ、なにかを噛みしめるような動きをしている。

そんな彼に改めて愛おしさを感じた。

小さいころに両親を亡くして、ずっとひとりで生きてきたデル様。自分を犠牲にし、常に善き国王であろうとした彼は、ブラストマイセスを家族が笑って暮らせるような平和な国にしたいと常々言っていた。口には1度も出さなかったけれど、彼はきっと子供が――自分の家族がずっと欲しかったのではないだろうか。

そっとお腹に手を当てて、その奥に息づいている小さな命に語りかける。

あなたのお父様はとっても子煩悩ね。みんなで幸せな家族になりましょうね。

まだ胎動は感じないけれど、手にじんわりと伝わってくる温かさが返事のように聞こえた。

「ああセーナ、今日は最高の日だ！」

デル様は高らかに声を上げ、診察のために閉じていた窓のカーテンを素早く引いた。射し込む昼の日差しに思わず目を細める。

彼はおもむろに窓を開け放ち、そのままバルコニーへ飛び出した。

「ちょっとデル様っ⁉」

「陛下⁉」

意表を突いた行動に、ベッドから降りてバルコニーへと駆け寄る。そこにデル様の姿はなくて、慌ててあたりを見回し頭を上げると。

大きな大きな、そして美しい黒蝶がいた。初夏の青空に舞うそれは、私たちに影を落として優雅に羽ばたく。

宝石がちりばめられたかのようにきらきらと虹色に輝く羽。陽の光を受けてそこかしこが眩しく輝き、この世のものとは思えないほど美しい。触れたら破れてしまいそうなほど儚い姿なのに、その羽ばたきは力強く生命力に溢れていた。

黒蝶の舞に合わせて鮮やかな花吹雪が散る。

花びらと共に風に乗ってくるのは甘美な香り。まるで永遠に続く花畑にいるかのような心地になる。ここは楽園なのだろうかと錯覚するほどに。

言葉を失って呆《ほう》けていると、隣でドクターフラバスが呟いた。

「陛下の魔物体は初めて拝見するな。まさか先祖返りだったとは……」

「先祖返り、ですか？」

聞いたことのない単語に思わず聞き返す。

「ああ。かつてこの世界を統一した蝶の魔物のことはセーナ君も知っているだろう？その言い伝えにそっくりなんだ、この陛下のお姿は。魔力の強さや聡明なところも、かの偉大な蝶の能力が色濃く出ているのかもしれないね」

「偉大な蝶のお話は聞いたことがあります。……その、先祖返りっていうものだと、なにかよくないことはありますか？」

私の質問にきょとんとするドクターフラバス。

「いいや、特にそういうことはないね」

「ならよかったです。デル様が健康で幸せであることが私には一番重要ですから」

「はは、セーナ君らしい答えだね。魔族のなかでは強さが全ての基準になるから、その考え方は新鮮だよ」

ふふと笑い会話が途切れる。

地面のほうが騒がしいのでそちらに目線を落とすと、訓練中の騎士たちがざわざわしながら上空を見上げている。ガリニスさんの後を継ぎ、騎士団長となったライが慌てて敬礼の号令をかけた。

『セーナ！　国中にこの喜びを分け与えてこよう！』

これも念話なのだろうか？　低く澄んだ彼の声が脳内に直接響いてくる。

おでこに手をかざして美しい黒蝶をしっかりと見上げる。歓喜に輝く青い瞳に、私はありったけの笑顔で頷いた。

途端、黒蝶は一際大きく羽ばたいて、王城からぐんぐんと遠ざかっていく。

その軌跡は虹となり、無数の花びらが天空に舞う。太古の偉大な蝶も、世界を統べたときはこんなふうに祝福を降らせたのだろうか。この世の喜びをかき集めたような光景を前にして、私の心も満ち溢れていく。

「この様子じゃ、産まれた日はどうなっちゃうんでしょうね？」

「うん、僕も今同じことを考えてたよ。思わず魔物体に戻るだけじゃなくて、もっとすごいことが起こりそうだよね」

顔を見合わせてくすくすと笑い合った。

清夏の風に乗り、花びらがはらはらとバルコニーに舞い込んでくる。

床に落ちたそれをつまんで陽にかざす。デル様から自然発生したこの花びらは、野に咲く通常の花とは違うのかしら？　あとで調べてみなくっちゃ。ワンピースのポケットにしまう。

――年が明けるころには賑《にぎ》やかな家族になっているだろう。

最愛の旦那様と可愛い子供。大切な家族を幸せにするためにも、私は研究や調合を通していっそうこの国を豊かで平和にしていきたい。

この手でみんなの健康と笑顔を守り、そして未知なるものに心躍らせながら。

私はこの世界で生きていく。研究者として、薬師として。


（了）

あとがき

この度は『薬師と魔王』を手に取ってくださり誠にありがとうございました。

あとがきということですが、正直なところ何を書いたらよいかわかりません。「あとがきが書けますよ」とお話をいただいたとき、出版のための全ての作業が終わった直後でしたので、「もう一文字も見たくないし書きたくない」という気持ちでした。しかしながら、貧乏性の私は「ページをくれるというのだからもらっておこう」と考え直し、再び筆を手に取った次第です。

本作には様々な漢方薬が登場しました。ですので、私の好きな漢方薬でも書いてみたいと思います。

まずは、字面が格好いい漢方薬です。効果効能や味は関係ありません。「芎帰調血飲第一加減《きゅうききちょうけついんだいいちかげん》」です。これはほんとうにクールで立派な名前をしていますね。麻雀《マージャン》の役だったら役満に違いないと思っています。

次は、一番お世話になっている漢方薬です。「五苓散《ごれいさん》」ですね。私にはめまいの持病があるのですが、五苓散を飲むようになってからはずいぶんとましになりました。今後もよいお付き合いをさせていただきたいです。

最後は、最も美味《おい》しく感じた漢方薬です。「小柴胡湯加桔梗石膏《しょうさいことうかききょうせっこう》」でした。もちろん全ての漢方薬を味見したわけではないのですが、仕事で試飲したなかでは、これが一番喉越しよく飲めました。

皆さんの好きな漢方薬も、教えていただけたら嬉《うれ》しいです。

東洋医学の世界はとても奥深いです。本作でその魅力を少しでもお伝えできていたならば、これ以上の喜びはありません。

最後になりましたが、本作を見出《みいだ》し、世に出してくださった関係者の皆さまに、心より感謝申し上げます。

二〇二二年秋　優月アカネ

＜初出＞
本書は魔法のiらんど大賞2021小説大賞で＜異世界ファンタジー部門　特別賞＞を受賞した『最強魔王様は病弱だった ～溺愛された地味薬師の異世界医療改革～』に加筆・修正したものです。
魔法のiらんど大賞2021
https://maho.jp/special/entry/mahoaward2021/result/

◇◇メディアワークス文庫

薬師《やくし》と魔王《まおう》（下《げ》）

永遠《とわ》の眷恋《けんれん》に咲《さ》く

優月《ゆづき》アカネ

2022年10月25日　初版発行
2022年11月30日　再版発行

発行者　山下直久
発行　株式会社KADOKAWA
〒102-8177　東京都千代田区富士見2-13-3
0570-002-301（ナビダイヤル）
装丁者　渡辺宏一（有限会社ニイナナニイゴオ）
印刷　株式会社KADOKAWA
製本　株式会社KADOKAWA

●お問い合わせ
https://www.kadokawa.co.jp/（「お問い合わせ」へお進みください）
※内容によっては、お答えできない場合があります。
※サポートは日本国内のみとさせていただきます。
※Japanese text only

※定価はカバーに表示してあります。

Printed in Japan
ISBN978-4-04-914648-6 C0193

メディアワークス文庫　https://mwbunko.com/

本書に対するご意見、ご感想をお寄せください。

あて先
〒102-8177　東京都千代田区富士見2-13-3
メディアワークス文庫編集部
「優月アカネ先生」係

◆◇◇

黒狼王と白銀の贄姫
辺境の地で最愛を得る
高岡未来

彼の人は、わたしを優しく包み込む──。

波瀾万丈のシンデレラロマンス。


　妾腹ということで王妃らに虐げられて育ってきたゼルスの王女エデルは、戦に負けた代償として義姉の身代わりで戦勝国へ嫁ぐことに。相手は「黒狼王（こくろうおう）」と渾名されるオルティウス。野獣のような体で闘うことしか能がないと噂の蛮族の王。しかし結婚の儀の日にエデルが対面したのは、瞳に理知的な光を宿す黒髪長身の美しい青年で──。

　やがて、二人の邂逅は王国の存続を揺るがす事態に発展するのだった…。

　激動の運命に翻弄される、波瀾万丈のシンデレラロマンス！

【本書だけで読める、番外編「移ろう風の音を子守歌とともに」を収録】